La peor parte

Fernando Savater

La peor parte

Memorias de amor

Ariel

Obra editada en colaboración con Editorial Planeta - España

© 2019, Fernando Savater
© 2019, Tricéfalo Producciones, por las fotografías
© 2019, J. Mauricio Restrepo, por el diseño del pliego de imágenes

© 2019, Editorial Planeta, S. A. - Barcelona, España.

Derechos reservados

© 2019, Ediciones Culturales Paidós, S.A. de C.V.
Bajo el sello editorial ARIEL M.R.
Avenida Presidente Masarik núm. 111, Piso 2
Colonia Polanco V Sección, Miguel Hidalgo
C.P. 11560, Ciudad de México
www.planetadelibros.com.mx
www.paidos.com.mx

Primera edición impresa en España: septiembre de 2019
ISBN: 978-84-344-3118-8

Primera edición impresa en México: diciembre de 2019
ISBN: 978-607-747-851-5

Impreso en los talleres de EDAMSA Impresiones, S.A. de C.V.
Av. Hidalgo núm. 111, Col. Fracc. San Nicolás Tolentino, Ciudad de México
Impreso en México –*Printed in Mexico*

Y, por último, todo para ti...

Ya con ésta me despido
amigos de la parranda
y solamente les pido
que me entierren con la banda.

Ranchera de ANTONIO AGUILAR

ÍNDICE

Prólogo

Y AHORA...

Cuando yo me desperté
y vi que tú me faltabas,
quise quedarme dormido.
Pero el sol no me dejaba...

MANUEL MOLINA, bulería

Deja que el fantasma se siente a mi lado,
más cerca, más cerca, querido fantasma.

RALPH WALDO EMERSON, *Diarios*

Dije que ya no iba a escribir más libros. Era la actitud más lógica, porque hasta entonces —durante muchos años— los escribí para alguien que ahora ya no podría leerlos. Luego compuse un panfleto «Contra el separatismo» (bastante bueno, por cierto), pero que era poco

13

más que un artículo largo, completado por otros más breves sobre el mismo tema. Fue un arma, una herramienta de combate teórico motivada por la reiterada infamia anticívica del nacionalismo separatista, ahora en Cataluña tal como lo habíamos padecido, y más sanguinario, en el País Vasco. Además de la indignación del ciudadano, al fondo (en la dedicatoria, en los últimos párrafos de la presentación) hay también una ofrenda de amor, un desagravio a mi dama: como le dije tantas veces, yo —aunque de triste figura— seré para siempre su caballero. Pero ahí debía acabar todo. Adiós a los libros, empeñosa y mediocre tarea de mi vida, de la cual quedan sin embargo en obstinada circulación suficientes muestras como para entretener mis últimos remordimientos...

Pero en la niebla de la tristeza y la desgana final me recomía la sensación de que había algo aún por hacer. Como cuando sales de viaje y en el taxi que te lleva al aeropuerto recuerdas a medias que has dejado grifos abiertos y luces encendidas. O como en la desazón postrera de aquella greguería genial de Ramón: «La muerte es como cuando va a salir el tren y ya no hay tiempo para comprar revistas». Algo faltaba todavía, dejaba mal cerrada la puerta de mi alma que daba al jardín preferido y sin hacer el ramo de flores para quien más quería. Después de todo, por modesto que sea sin duda mi talento, soy escritor; no un juntaletras aficionado, sino un escritor. Cuando se es escritor, ¿puede uno conformarse con llorar?

Porque créanme que la lloro todos los días: desde que murió hace increíblemente más de cuatro años, no he pasado ni una hora sin recordarla, ni un solo día sin derramar lágrimas por ella. ¿Es suficiente? Más propiamente dicho, ¿es lo mejor que puedo hacer? ¿Ser escritor no me obliga, no me compromete a algo más que las lágrimas? Si sólo la lloro —y sí, cómo la lloro, cuánto la lloro—, ¿no le estoy regateando algo que debería tributarle? Recuerdo ahora la película *Shrek*, que tanto nos divertía en todas sus entregas, y el gato mosquetero al que en la versión española ponía acento andaluz Antonio Banderas. «Pase lo que pase, ¡no debo llorar!» A ella le gustaba repetir ese estribillo, ceceando para hacerme reír. Perdóname, amor mío, pero soy menos íntegro que nuestro felino espadachín y sé que seguiré llorando sin consuelo. Sin embargo, tenéis parte de razón el gato y tú: llorar no basta, te debo algo más que lágrimas porque te gustaba que escribiera para ti y a mí nunca nada me gustó más que darte gusto. Uno de los primeros días de nuestro calvario, en el hospital de Pontevedra, recién pronunciado el diagnóstico cuyo alcance fatal aún no conocíamos del todo pero que ya presentíamos capaz de separarnos, abrazados en tu cama revuelta, me dijiste: «Si tú no lo cuentas, nadie sabrá lo que hemos sido el uno para el otro». No estoy seguro de poder contarlo, mi vida, temo no ser capaz de tanto, pero comprendo que sería miserable no intentarlo al menos. Eso es lo que me queda por hacer.

Cuando ella murió me puse a escribir sobre la sorpresa que suponía para mí ser tan desgraciado. Apuntes descabalados, erráticos, por primera vez en mi vida algo que no tenía intención clara de publicar. ¿Para qué?, ¿a quién podría interesar? ¿Cómo transmitir a nadie cosa tan ridícula como las zozobras inesperadas de un recién llegado a la desventura? A lo largo de casi dos años fui añadiendo unas pocas líneas al día, nunca más de un par de párrafos breves a la semana. A veces lo dejaba estar durante un mes: aprovechaba cualquier pretexto para abandonarlo y dedicarme a escribir un encargo cuya urgencia exageraba, uno de esos asuntos reputados «importantes» que en mi fuero interno bien poco me importaban. No quería quedarme a solas con lo único que ya contaba —y cuenta— para mí: el eco de la ausencia. Me dolía tanto, se me hacía tan difícil... Y, además, probablemente darle vueltas a una queja lanzada al vacío no tiene mayor sentido, salvo el placer morboso de tantear con la lengua el rincón doliente donde la muela picada nos hace sufrir. Tiempo después, releyendo *Viaje al fin de la noche*, encontré esta frase tan reveladora que me pareció escrita para mí: «Puede que sea eso lo que uno busca a través de la vida, nada más que eso, el mayor pesar posible para llegar a ser uno mismo antes de morir». De modo que volví sobre esas pobres páginas, traté de redondearlas, intenté darles una enjundia testamentaria. El resultado final es «Caer en desgracia», el primero de los textos que componen este libro.

Pero no se me oculta el narcisismo lúgubre de la empresa. Ella apenas aparecía como una referencia de mi lamento, poco más que un pretexto para darme importancia y pavonearme en el sufrimiento. Tenía que ir más allá porque no era eso lo que me pidió aquella tarde en el hospital de Pontevedra. Debía intentar hablar de ella, no sólo de su pérdida, sino de ella viva y palpitante, de lo que vivimos juntos, de todo lo que me dio y no sólo de lo que me quitó su ausencia. Aún más, secarme las lágrimas y tratar de acercarme a lo que ella fue en sí misma, sin relación conmigo, su indómito secreto que apenas vislumbré y amé a ciegas. Pero también contar el padecimiento que sufrió en los meses postreros, atroz y definitivo, soportado con mayor coraje del que yo demostraba con mis gemidos exhibicionistas. Es lo que me he esforzado por narrar, de manera tan insuficiente y sin embargo con tanta inversión atormentada, en las dos secciones siguientes del libro, «Mi vida con ella» y «Nueve meses». Creo que aquí debo aclarar el título general de la presente obra. Lo que cuento en estas páginas, fundamentalmente, no es «la peor parte» de mi vida, sino sin duda la mejor, el oro y las piedras preciosas engarzadas en la memoria que escapan al muladar de la existencia. Si yo hubiera podido escribir (¡o pensar!) este relato sentado a su lado, mientras nos disponíamos a improvisar nuestra cena ligera antes de compartir la película de la noche, el libro se habría titulado «Paraíso para dos» o cualquier comprensible cursilada semejante. Pero las páginas siguientes no parten del arrobo de la felicidad, sino del portazo desolador que dio al marcharse. Si aún fuese dichoso junto a mi amor, me habría limitado todo lo más a componer una segunda parte de *Mira por dónde*, mi autobiografía razonada, quizá algo más maliciosa y con ramalazos sombríos que evité en la primera, escrita para ella y, por tanto, desde el gozo de que pudiera conocerme un poco mejor. Ahora le hubiera dicho en tono más grave cosas que también debía saber o que seguramente adivinaba, porque habíamos madurado juntos. Pero hoy mi lectora esencial ya no está y el paraíso de dos que compartimos se ha convertido en infierno de uno. La peor parte de mi vida consiste en tener que contar cómo fue la mejor y cuánto de maravilloso perdí cuando se fue para siempre. En una palabra, lo peor que me ha pasado es verme obligado a escribir este libro, este prólogo, las tristes palabras de esta línea sin esperanza. Eso es la peor parte de la vida y más vale que no lo disimule y empiece por declararlo desde la portada misma. En todo caso, algo queda aquí del remoto propósito de escribir un complemento de tono más punzante de *Mira por dónde*. El lector curioso puede contextualizar en esa autobiografía algunos de los episodios que voy a contar en las páginas siguientes, para que ganen en detalle y perspectiva. Y también volverá a encontrar ahora asuntos ya narrados en el libro anterior, pero vistos desde la óptica del relato amoroso que es en éste mi tema central.

Muy bien, pero ¿qué sentido tiene contar esta «peor parte» de la vida? A pesar de mi predilección por el pensamiento de los grandes pesimistas (Schopenhauer, Leopardi, Chestov, Lovecraft, Cioran...), yo nunca he querido escribir más que para reforzar el deseo de vivir de mis lectores. Darles ánimo no para el arrogante triunfo sino para mantener la elegancia, el compañerismo y el humor en la inevitable derrota. Yo no soy ni nunca he sido un científico, ni un erudito, ni un profesor conocedor del último *paper* sobre las cuestiones académicas de mi área; siempre he jugado fuera del área, a pesar de los pitos admonitorios de los linieres. Si la Caperucita con gafas me pregunta: «Abuelito, ¿por qué has escrito tantos libros?», debo contestarle con sonrisa lobuna: «¡Para que vivas mejor!».

A mí los grandes pesimistas me han resultado tonificantes, y ese paradójico refuerzo del apetito vital, igual que la mejor forma de encauzarlo, es el mensaje que he tratado de transmitir desde *Nihilismo y acción* hasta mis últimas páginas. Tal es el mérito de los mejores talentos tenebrosos en los que he buscado apoyo toda mi vida (Spinoza y Nietzsche, desde polos distintos, son la excelsa excepción en esta alianza), como explicó inmejorablemente Leopardi en su *Zibaldone*: «Esto tienen de característico las obras de genio, que incluso cuando representan con toda nitidez la nulidad de las cosas, incluso cuando demuestran evidentemente y hacen sentir la inevitable infelicidad de la vida, cuando también expresan la más terrible desesperación, sin embargo a un alma grande que se encuentra también en un estado de extremo abatimiento, desengaño, nulidad, hastío y desánimo de la vida, o en las más acerbas y mortíferas desgracias (pertenezcan éstas a las altas y fuertes pasiones o a cualquier otra cosa), le sirven siempre de consuelo, reavivan el entusiasmo y, aunque no tratan ni representan otra cosa que la muerte, le devuelven, al menos momentáneamente, aquella vida que había perdido». Pero ahora no puedo aspirar al apoyo de esos genios, porque debo hablar de mí mismo, del amor de mi vida y de la pérdida de mi amada a cuerpo descubierto. No dudo que un gran poeta habría sabido convertir ese material en el consuelo revigorizador del que habla Leopardi. Pero por desgracia no es mi caso. Sin embargo, recordándola lo mejor que puedo en las páginas que vendrán, quizá logre que el lector se enamore un poquito de ella, por contagio. Y así aprecie más la vida, porque ella embelleció el mundo. En última instancia, puede que este libro desconsolado encierre para alguno una lección consoladora, por inverosímil que resulte a la sabiduría mecánica y expoliadora hoy vigente. Así la formuló el joven Cioran en el primero de sus libros: «La única cosa que puede salvar al hombre es el amor. Y si muchos han acabado por transformar esta aserción en una banalidad, es porque nunca han amado verdaderamente» (*En las cimas de la desesperación*).

Agradezco a Ana Ímaz y Maite Pagazaurtundúa, dos de las mejores amigas de Pelo Cohete (también mías, desde luego), haberme confiado por escrito notas relevantes para estas memorias. Y a la señora Luminita Anca Marcu la confidencia de su relato inédito sobre nuestra visita a Bucarest, que reproduzco parcialmente en su lugar correspondiente. Por último, gracias también, como tantas otras veces, a José Luis Merino por su compañía mientras escribía este libro, por su ayuda con el material fotográfico y por su invariable amistad en todo momento.

San Sebastián, mayo de 2019

1

CAER EN DESGRACIA

Si el corazón pudiera pensar, se pararía.

FERNANDO PESSOA

Durante mucho tiempo, mientras cumplía mis años y las perspectivas vitales se iban haciendo cada vez menos prometedoras, me repetía la misma consideración analgésica: «He disfrutado de una vida tan indecentemente buena que aunque mañana se acabase mi suerte y el resto que me queda (treinta, veinte, diez años...) fuese desdichado, el balance total sería aún indudablemente positivo y feliz». En el fondo, no creía demasiado posible ese cambio radical de mi fortuna. Cierto que la vejez es una humillación, que incluso para los más sanos se convierte en fuente incansable de dolores e incomodidades, mientras los iconos de nuestra juventud y los compañeros de nuestra madurez van desapareciendo a ritmo creciente, los lugares y los juegos que nos encantaron son arrasados por bárbaros sin delicadeza, llegan modas insoportables y la estupidez ambiental se vuelve un runrún incesante. Había muchas razones para suponer que se me venían encima años malos, probablemente peores que lo antes vivido, pero no tan malos que se convirtiesen en lo opuesto a todo lo demás. Serían como una continuación impresa en peor papel, con líneas borrosas y abundantes erratas, con ilustraciones en blanco y negro en lugar de vivos colores de los capítulos anteriores de mi vida. El argumento se mantendría igual, hasta en el tono mismo de la narración, sin radical solución de continuidad. Incluso en el peor de los casos, me salvaría como en el examen de reválida.

Cuando hice el bachillerato, al acabar cuarto curso (en torno a los catorce años) debíamos pasar una reválida tras la que nos separábamos en alumnos de ciencias y de letras. Los de letras cursarían latín y griego; los de ciencias, matemáticas, física y química. Después pasaríamos a ser ignorantes dichosos y sin culpa en las materias aborrecidas. Esa prueba era la última en la que debíamos demostrar nuestros conocimientos en uno y otro campo, antes de decantarnos por nuestra preferencia. La nota final de reválida era la suma de la prueba de matemáticas y la de literatura, dividida por dos. Yo fui temblando al examen porque mi nulidad en el exacto laberinto de números y cálculos era legendaria entre mis compañeros de curso y, desde luego, una abrumadora certeza para mí. Debo de ser el mayor inútil aritmético que haya pisado la superficie del planeta. El resultado de la prueba confirmó mis peores perspectivas: obtuve un cero en los problemas que me propusieron, ante los que me quedé paralizado como el proverbial conejillo frente a la mirada inmisericorde de una cobra. Pero en el ejercicio literario, en el que podía divagar y fantasear a mi gusto, que es lo único que en la vida he sabido hacer, saqué un diez. Este resultado anómalo — luego me dijeron que único— puso en un brete al tribunal encargado de fijar las calificaciones definitivas. Por un lado, desde el punto de vista meramente aritmético, el resultado me era favorable: ¡hasta yo sabía calcularlo! Cero más diez, diez; dividido por dos, cinco; o sea, el aprobado justo y raspado, pero, al fin y al cabo, aprobado. Por otra parte, un resultado de tal desequilibrio iba en contra del sentido mismo de la reválida, orientada a evaluar una razonable competencia en ambos campos del conocimiento y que debía encabritarse ante una monstruosa hemiplejía escolar como la mía. Me llamaron a capítulo, me amonestaron seriamente, pero al final me dieron el plácet. Creo que en ello influyó el prestigio de mi colegio (Nuestra Señora del Pilar de Madrid) en el instituto donde se celebró el examen. Aún sueño con relativa y decreciente frecuencia con que debo presentarme a un último y crucial examen de matemáticas, sin el cual no podré dar por acabados mis estudios. ¡A mi edad, es imposible! Me despierto sudando y temblando. Supongo que algún día la muerte me llegará así, como la definitiva ecuación imposible de resolver.

De ese modo me salvé entonces. Y yo creía firmemente que el resultado de mi vida iba a ser igual y no menos favorable, incluso por un margen de aprobado mayor. Los factores de la existencia me llegaban de bueno a malo y luego a peor, primero la literatura, la imaginación, la Disneylandia del espíritu, luego el cálculo y después el álgebra más dolorosa, la tortura de lo exacto y necesario, de lo irremediable. Pero la conclusión sería positiva, la primera parte pesaría en el total más que la segunda y el balance daría un saldo a mi favor. Como el Creador al final de los días contemplando su obra acabada, según refiere el Génesis, yo también podría exclamar satisfecho: «Valde bonum». Pero me equivocaba en esa previsión optimista, por lo menos tanto como se equivocó el propio Creador al apreciar lo que había sacado de la nada.

Desde luego no es que hubieran faltado por completo contrariedades, sinsabores, padecimientos y aun desdichas en la parte que yo consideraba buena y soleada de mi vida. No existen seres conscientes, aunque sólo lo sean mínima y toscamente, que no sientan dolor por múltiples causas y de manera relevante y continuada, como un mecanismo evolutivo para acicatear las respuestas del instinto de conservación. El hambre, la sed, el frío, el calor, la urgencia sexual son dolores que compartimos con los demás animales; el deseo de compañía y afecto, el afán de reconocimiento personal, el miedo a la violencia de nuestros semejantes o sencillamente al futuro, a la enfermedad y la muerte, la angustia por el bienestar de nuestros seres queridos o la llaga de su pérdida, las dolencias del amor (celos, abandono...) o la peor de todas, que es carecer de amor, son males propios e inseparables de la condición humana. Nos tocan a todos, en una u otra cuantía. Yo los he padecido, he visto morir a mis abuelos y a mis padres, he sufrido por y para los amores, he estado en la cárcel, he conocido la hostilidad de adversarios intelectuales, no me son ajenas las enfermedades y he conocido quirófanos y largas noches de estertor. Todo me pareció siempre aceptable, asumible a fin de cuentas aunque fuera entre maldiciones y protestas, *compensado* por incidentes luminosos y placenteros que también se daban a cada paso. He sido adepto de la «filosofía de la compensación» que ya en mi madurez vi formulada por Odo Marquard pero de forma espontánea, ingenua, antes de conocerla racionalmente. Si alguien quiere repasar mi balance biográfico entre bienes y males, tal como yo lo hacía hace tan sólo tres lustros, puede leer *Mira por dónde*, una autobiografía en la que conté bastante y desde luego callé mucho, en un vano intento por mitigar el exhibicionismo propio del género.

Es curioso que al final de ese libro, en el epílogo titulado «Antes de nada» que seguía a una declaración de amor a mi Pelo Cohete, ya me ponía algo melancólico (probablemente para darme importancia a ojos del impresionable lector) y señalaba una creciente «dificultad en saborear lo que siempre me ha parecido sabroso». Y añadía: «Empiezo a darme cuenta de que quizá acabaré triste, como cualquier imbécil». Para enseguida replicar: «Pero os juro que hubo una alegría dentro de mí, incesante, una alegría que lo encendía todo con chisporroteo de bengalas festivas precariamente instaladas en las oquedades de la gran calavera». Por entonces escribía yo sobre la tristeza futura puramente de oídas, como quien habla haciéndose el entendido de un país en el que realmente nunca ha estado y que sólo conoce por los relatos de algunos viajeros y por una serie de postales estereotipadas. Y sin embargo acerté en mi predicción conjetural porque ya es inapelable que voy a acabar mi vida triste, pero no con la tristeza átona y desvaída de cualquier imbécil senil, sino con una tristeza enorme, proactiva, que nace precisamente de la inteligencia y la aniquila en su propio terreno, una tristeza que no ha llegado por un suave declinar físico y el marchitamiento progresivo de las ilusiones, sino con la precipitación atroz de una brusca caída en un mar de amargura sin orillas, en el que debo chapotear con espanto hasta el anegamiento final. Como dice la duquesa de Vaneuse en la novela de Gustave Amiot, «lo poco que me queda de inteligencia me enfrenta en todo momento a esta última y única verdad: que la inteligencia no es nada comparada con el sentimiento. Y yo de los sentimientos ya sólo conozco el luto de los míos y los aspavientos de la comedia universal». En efecto, ahora sé exactamente lo que significa «caer en desgracia», no como otro incidente palaciego reversible más en el vaivén de la existencia, sino como una metamorfosis irrevocable, una mutilación de la propia condición sin remedio posible, la pérdida que desequilibra mi ser y rompe dentro de mí el resorte de lo que antes chispeaba y burbujeaba a pesar de todos los pesares. Este pesar no es como los demás; ha llegado el pesar invencible.

Para evitarnos rodeos, el comienzo del final de lo bueno de mi vida fue el diagnóstico fatal a Pelo Cohete (algunos de sus amigos y luego yo mismo la llamábamos así porque en la época estudiantil en que la conocí llevaba a veces un pelo erguido tipo cresta punki). Después vinieron nueve meses de pesadilla terapéutica cada vez más horrible y, finalmente, el apagón. La muerte de mi mujer, del amor de mi vida, del amor en mi vida, de mi amor a la vida. La caída irremediable en el océano de la desgracia. Aquí debiera venir el punto final: *el resto es silencio*. Hubiera sido lo más decente, lo único presentable. Si tres o cuatro años atrás alguien me hubiera dicho que iba a seguir viviendo más o menos como si nada en la hipótesis absurda de que Pelo Cohete muriese, le hubiera partido la cara. Su muerte (impensable, increíble, inasumible hasta como hipótesis fantástica del género macabro que tanto nos gustaba a ella y a mí) decidiría la mía con la inexorabilidad de cualquier ley física, natural. De hecho, lo que me preocupaba era lo contrario, qué sería de ella si, como parecía biológicamente lógico (y, por mi parte, decididamente deseable), yo moría antes. ¿No haría, llegado el caso, ningún disparate? Siempre me decía que no temía a la muerte («y no como tú», añadía con su sonrisilla entre tierna y fatua que tanto echo de menos), que más bien la había deseado muchas veces, desde niña. Y que, por supuesto, no pensaba sobrevivir a mi pérdida, ya se encargaría ella del asunto. Coño, era muy capaz. Lo único que me hacía realmente insoportable el pensamiento de morir (idea siempre intimidatoria, pero para mí ya asumible de puro obsesiva) era dejarla sola, desolada, empujada a quitarse la vida. Otras veces me daba por pensar qué sentiría al ver mi rostro después de muerto. Ella, que ponía tanto celo en que me diera potingues para suavizar las arrugas, a la que nunca se le escapaba nada de mi aspecto («¡qué mala cara tenías ayer! Parecías muy cansado»), cuando me viera con la mala cara *final*... Me subleva la idea de que alguien me vea muerto, sobre todo entonces ella. Me da vergüenza. Es una especie de abandono imperdonable. Quizá por eso Montaigne prefería morir lejos de los suyos, entre desconocidos: a quien no nos ha visto vivir le resulta irrelevante vernos muertos. Que debería ser yo quien la viese muerta, para recordarla así siempre, y yo quien la viese agonizar, sufrir, extinguirse ante mis ojos, hundirse en la nada como en la negrura del océano, impotente para ayudarla, aumentando sus padecimientos con mis temblores y torpezas... Eso, afortunadamente, nunca lo imaginé. Me pilló de improviso. Egoísta hasta el final —es decir, optimista—, me preocupaba medio hipócritamente por ella, pensando que le iba a tocar el mal trago de mi muerte, la cual, por suerte, tendría el lado bueno de ahorrarme el espanto de la suya. Nunca he sabido ponerme en lo peor, aunque me las doy de pesimista (¡cómo se reía por esa pretensión Cioran de mí!), hasta que llega. Siempre llega y entonces nos enteramos de en qué consiste lo peor. Ahora ya he aprendido la lección... o eso creo, al menos. ¿Seguiré siendo optimista, un optimista *destrozado*?

La pasión y muerte de Pelo Cohete, su calvario atroz, asistir al sufrimiento de la persona a la que nunca soporté ver sufrir lo más mínimo, que lo sabía y conseguía lo que quisiera de mí con una lágrima, con un puchero, me enseñó también muchas más cosas terriblemente importantes y definitivas sobre mí, sobre el mundo. En primer lugar, que perder las ganas de vivir no significa tener más ganas de morir que de costumbre. Yo había creído, de modo más o menos consciente, que el apego a la vida y el deseo de muerte eran vasos comunicantes, de modo que el descenso de nivel de uno significaba el aumento del otro. Pero no es exactamente así. Por seguir con la comparación, ambos vasos pueden estar casi vacíos *a la vez*, aunque en cambio no es posible que estén llenos al unísono. Con la pérdida de mi amada, perdí también el afán de futuro y sobre todo el regocijo de la vida, pero seguí sintiendo la habitual antipatía por la muerte. Es como cuando padecemos un fuerte catarro nasal que embota nuestro sentido del gusto: seguimos teniendo apetito y nos atrae el aspecto de los platos preferidos, pero al probarlos vemos que han perdido su sabor y así nos aburrimos pronto de comer.

Las tareas de la vida que siempre me fueron gratas me lo siguen pareciendo, pero en cuanto las emprendo constato que se han convertido en algo insulso, átono, fatigoso e insignificante. Quizá el placer de la lectura sea la única excepción, incluso diría que ahora se ve reforzado por la deserción de los demás. En cambio, escribir se ha convertido en un gesto vacío porque ya no puede alcanzar su objetivo natural: ser leído y aprobado por ella. Desde hace treinta años, yo escribía para que ella me quisiera más: habría cambiado el Cervantes y el Nobel sin dudarlo por su sonrisa al terminar una página y la forma algo pícara en que me decía: «Qué bueno, ¿no?». No sólo los elogios sino su crítica, que podía ser inmisericorde y casi siempre diabólicamente certera, también me estimulaba (después de irritarme, lo admito) y me daba fuerzas, porque yo sabía que su censura venía de que no aceptaba verme deficiente, ambiguo, ñoño. Le gustaba sobre todo mi capacidad de condensar los argumentos de una larga charla en pocas líneas y de forma clara. Si me señalaba un párrafo con su inapelable «eso no se entiende bien», había que volver a escribirlo, sin remedio; yo sabía de sobra que si ella no lo captaba de inmediato, ningún otro lector lo haría ni en diez años.

Vivir sin alegría ha sido una experiencia nueva para mí, una ruptura con mi yo anterior. Estaba acostumbrado a despertar siempre como cuando era niño, con un latente «¡vaya, otra vez!» gorjeando dentro. Y con el litúrgico «¿qué pasará?» con el que acababa cada episodio de cualquiera de los tebeos que tanto me gustaban y que leía puntualmente cada sábado por la noche. Yo sabía que cabía esperar mil peripecias divertidas, pero que nada irreparable le ocurriría al protagonista, o sea, a mí. Aunque me quejaba, lloraba y maldecía como todo el mundo, jamás me lo creí; la vida me parecía estupenda, a veces algo horrible, sin duda, pero no menos estupenda, como una buena película de terror tipo *Alien* o *La semilla del diablo*. Incluso en mis peores momentos, en la tortura del cólico nefrítico, en el hastío de un cóctel formal o una conferencia académica (son las peores experiencias que a bote pronto puedo recordar), sonaba como fondo de mi ánimo el *basso ostinato* de la alegría aunque ni siquiera yo pudiese darme cuenta. Ha sido al dejar de oír ese íntimo hilo musical cuando, tras la inicial extrañeza, me he dado cuenta de lo que había perdido. «Reconocí a la alegría por el ruido que hizo al marcharse», dijo Jacques Prévert (el poeta preferido de Pelo Cohete cuando la conocí), y podría hacer mía esa constatación. No se ha tratado de mudar mi estado de ánimo a otro menos agradable, sino de quedarme sin mi combustible existencial, sin lo que me permitía aguantar, inventar, querer, luchar. Hasta entonces nunca hice nada sin alegría, como de sí mismo dijo Montaigne. Ahora tengo que acostumbrarme a *ir tirando*, tirando de mí mismo, de residuos del pasado. Puedo jurar con la mano en el corazón que no he vuelto a ser feliz de verdad, íntimamente, como antes lo era cada día, ni un solo momento desde que supe de la enfermedad de Pelo Cohete. No sé cuánto durará esta sequía atroz, porque creo que es imposible vivir así. Para mí, imposible. Cuando me preguntan qué tal me encuentro, siento ganas de contestar lo mismo que aquel torero del XIX al que los de su cuadrilla le hicieron esa pregunta mientras le llevaban a la enfermería tras una cornada mortal: «¡Z'*acabó er* carbón!».

Pero el más notable descubrimiento que he hecho a costa de mi desdicha es la intransigencia general que rodea al doliente. Por supuesto, en el momento de la pérdida y en las jornadas inmediatamente sucesivas no nos falta compasión y muestras de simpatía de cuya sinceridad no cabe dudar. Pero tales manifestaciones afectuosas tienen fecha de caducidad, como las felicitaciones de Año Nuevo. Uno no puede estar trescientos sesenta y cinco días deseando felicidad al prójimo; es cosa que sólo tiene sentido a finales de diciembre y comienzos de enero. Después se vuelve ridículo, más tarde apesta y puede parecer un desarreglo mental. Si allá por marzo, cuando saludamos a alguien, le murmurásemos amablemente «felices Pascuas» y esperásemos lo mismo de él, nos tomaría por chalados. Del mismo modo, quien nos da sus condolencias en el momento adecuado, al producirse la pérdida o un tiempo prudencial después, espera haber dejado así zanjado el engorroso asunto. Quizá vuelva algo más adelante a decirnos «¿qué tal estás?» con gesto compasivo, pero desde luego sin mayores efusiones por su parte ni desearlas por la nuestra. El triste asunto ha sido lamentado cuanto corresponde y ya no hay nada que añadir. Los más filosóficos añaden «¿qué quieres?, la vida tiene que continuar» y esperan con cierta impaciencia que estemos de acuerdo. Como si nuestro remoloneo obstaculizase también su marcha inexorable. Por mucho que hayamos sufrido, no pretenderemos a fuerza de dolor bloquear el paso inclemente de la vida. Si desbordamos en lamentos extemporáneos, retrocederán un paso, consultando mentalmente el calendario y hasta el reloj. «Vaya, todavía sigues así.» «Te veo mal», ésa es la más común reconvención: en realidad quiere decir: «Lo estás haciendo mal, no sabes cómo se juega a esto, te das demasiada importancia, pareces creer que lo que te ha pasado es algo único, trascendental, cuando en realidad se trata de la cosa más corriente del mundo, la que todos han padecido o están a punto de padecer. A mí no me vengas con monsergas, no querrás que nos pasemos los demás el resto de la vida dale que te pego con tu congoja».

Otros amigos del tópico —los que más consiguen irritarme— me informan para tranquilizarme del analgésico que acabará con mi pena: «El tiempo todo lo cura». Sí, por ejemplo la vejez, ¿verdad? ¡Menuda gilipollez! Para empezar, salvo que aludiendo al tiempo se quieran referir a la muerte (medicina que nada sana pero todo lo extingue: ¡para acabar con las jaquecas, lo mejor es la guillotina!), el paso del tiempo cura tan escasamente como el espacio, según advirtió Jean-François Revel. Los días y los años enquistan el dolor, lo esclerotizan, convierten la tumba en pirámide, pero no fertilizan el desierto que la rodea. En algunos casos logran embotar la sensibilidad —lo cual para muchos parece ser suficiente—, pero no cierran la llaga, si es que realmente la hubo; sólo nos familiarizan con el pus. Además, para quien de verdad ha amado y ha perdido la persona amada, el amortiguamiento del dolor es la perspectiva más cruel, la más dolorosa de todas. Como dijo un especialista en la cuestión, Cesare Pavese, «il dolore più atroce è sapere che il dolore passerà». Y con el dolor se irá empequeñeciendo también el amor mismo, que no puede ser ya sino la constancia sangrante de la ausencia. Desde Platón sabemos que Eros es una combinación de abundancia y escasez, un constante echar de menos que no cambiaríamos por ninguna otra forma de plenitud. El amor siempre es zozobra y contradicción, una forma de sufrir que nos autentifica más que cualquier placer. Ese punto de sufrimiento es lo que le caracteriza frente a la mera complacencia hedonista o al acomodo utilitario a la pareja de conveniencia. La prueba quizá no basta, pero nunca falta: si no duele, no es amor. Y si duele mucho al principio para luego irse diluyendo hasta dejar sólo un leve escozor fácilmente superable, es amor... propio. O sea, narcisismo, la única forma de enamoramiento cuyo objeto, por maltrecho que sea, siempre permanecerá a nuestro alcance. Pero el amor propio es un amor ventajista, aunque sin duda éticamente útil para orientar nuestra conservación humana, lo que no es poco, ni suficiente. Nada sabe de la *perdición*, del abandono delicioso y atroz a lo que no somos como si lo fuéramos, del arrebato que no dura un instante —como el resto de los arrebatos—, sino que se estira y se estira sobresaltado e imposible desafiando al tiempo, a la dualidad de sujeto y objeto, avasallando al mismísimo amor propio que sin duda estuvo en su origen y que rechina rebelde pero subyugado bajo su torbellino. Ese amor no quiere amortiguarse tras la pérdida irreversible de la persona amada, sino que se descubre más puro, más desafiante, más irrefutable al convertirse en guardián de la ausencia. También infinitamente, desesperadamente doloroso. Pero el amante no querría a ningún precio que una especie de Alzheimer sentimental le privase de ese sufrimiento que es como el piloto encendido de su pasión que sigue en marcha, lo mismo que nadie accedería a ser decapitado para curarse una jaqueca. Un amor que no desazona y perturba cuando está vivo, que no aniquila cuando pierde irrevocablemente lo que ama, puede ser afición o rutina, pero no auténtico amor.

Consultemos a los expertos: ¿cuánto tiempo, según ellos, necesitamos para curarnos? Pues ni más ni menos que el plazo para llevar a cabo convenientemente nuestro duelo por la pérdida. El duelo es un remedio de consumo obligatorio prescrito *urbi et orbi* por el reputado doctor Freud. Hay que hacer el duelo para *civilizar* la pérdida, para que no se convierta en tristeza incurable, en desesperación. La tristeza asilvestrada y la desesperación son formas de salvajismo que debemos evitar por consideración hacia los demás. Dejarnos llevar por estas muestras antisociales sería como entregarnos a la antropofagia o al menos como imitar a aquellos antiguos anacoretas que se alejaban para siempre de las ciudades y se refugiaban en el desierto, flagelando su carne y charlando de vez en cuando de forma bastante inconexa con los demonios más serviciales. Freud no ignoró que la cultura tiene sus malestares, pero también supo que dejarnos arrastrar por lo meramente instintivo, impulsivo, inconsciente o como ustedes prefieran es todavía peor. Quiero decir, peor para la sociedad, claro, para la vida civilizada. De modo que estableció que hay que llevar a cabo el trabajo de duelo, que es como una dieta para librarnos del sobrepeso y las toxinas dolorosas o como los ejercicios de recuperación prescritos después de un accidente. Como las dietas, como los ejercicios de recuperación, el duelo hay que hacerlo bien o si no, no funciona. Lleva su tiempo, desde luego. ¿Cuánto? He leído que algunos psiquiatras americanos dicen que por lo menos, por lo menos, ¡dos semanas! ¡Ay, quién fuera yanqui! Más cautelosos o mejor informados de los usos continentales, los doctores europeos hablan hasta de dos años, quizá más. En Europa todo va más despacio, nos cuesta volver al sano y cuerdo *business as usual*. Pero el duelo hay que llevarlo a cabo, es preciso tomárselo en serio, porque si no nunca volvemos al *business*, nunca lograremos «rehacer» nuestra vida. Y si no la rehacemos, también los demás, los que mantienen relaciones sociales o amistosas con nosotros, resultarán perjudicados. Seremos culpables de duelo *interruptus*. Nos quedaremos atrapados en la ausencia y esa posición no es nada popular: puede que al poeta le gustase su amada cuando calla «porque está como ausente», pero a la gente prosaica le gustan tan poco los que se ausentan como los que no cesan de quejarse y suspirar... aunque pasen las semanas y hasta los años.

Insisto en el tema de la ausencia porque las personas bienintencionadas que nos urgen a mejorar suelen creer que lo que nos aqueja es la soledad. Y por tanto, alborotadas y temibles, se empeñan en buscarnos compañía o nos imponen la suya. El supuesto remedio a nuestros males es inaguantable. Personalmente, nunca me ha molestado estar solo, todo lo contrario. Desde que dejé la infancia propiamente dicha (en la cual me era indispensable al menos la compañía de mi hermano Josetxo), siempre traté de dar circunstanciales esquinazos a mi familia, a la que, por otra parte, adoraba y necesitaba con furor. Si mis padres y hermanos se iban unos días de vacaciones, yo procuraba quedarme solo en casa con cualquier pretexto escolar. O me marchaba también solo cuando ellos tenían que quedarse. Disponer a mi gusto de mi tiempo, comer cuando y lo que me apetecía, escuchar música a un volumen disparatado, emborracharme (¡allí empezó la cosa!), leer sin parar y desordenadamente, fantasear peripecias eróticas que más de una vez me pusieron en ridículo... Dulces frutos del placer solitario. Por supuesto que estos episodios siempre fueron breves y luego retomaba la compañía habitual de los míos con renovado gusto. En mi primera juventud pasé un período gregario, que ahora me parece demasiado largo, en el que buscaba a los amigos con insistencia frenética. Supongo que quería que me enseñaran formas de vida y también que vieran la mía, siempre pavoneándome un tanto. Apetecía guías y público, todo junto. Las mujeres que tuvieron la mala suerte de compartir mis ratos por entonces tenían que resignarse a ese exceso maniático de sociabilidad. En realidad echaba de menos la populosa armonía familiar de mis primeros años, pero con toques de novedad a la altura de las nuevas inquietudes de mi edad.

Entonces encontré a Pelo Cohete o, para ser más exacto, Pelo Cohete me encontró a mí y me hizo suyo. A partir de ese momento se me fue haciendo patente lo que con el tiempo se ha convertido en firme convicción: que antes en la mayoría de los casos había tenido que elegir entre la soledad y el aburrimiento. Con Pelo Cohete se acabó el dilema, porque me enseñó a disfrutar de las ventajas de la soledad, pero en compañía. A partir de nuestro encuentro, ya estuvimos siempre solos pero siempre juntos, tanto cuando nos separaban kilómetros como cuando no dábamos un paso el uno sin el otro. No es fácil de explicar, porque no se trataba de un permanente arrobo (aunque en mi caso algo había de eso) y teníamos enormes broncas, en las que yo aportaba la pifia o la inoportunidad y ella la cólera: Pelo Cohete era capaz de enfados monumentales, cósmicos, en los que me convertía en pararrayos de una tormenta tan llena de ruido y furia que los observadores externos quedaban convencidos de que a partir de entonces no sólo no volveríamos a vernos, sino que además seríamos enemigos irreconciliables por siempre jamás. Pero esa pirotecnia de hostilidades nunca llegó a durar ni siquiera veinticuatro horas. Eso sí, el zarandeo solía dejarnos molidos a ambos, por lo menos desde luego a mí. Y es que con Pelo Cohete todo era siempre perfecto o imposible, la total compenetración o la absoluta incompatibilidad. Pero nunca nos llamamos realmente a engaño: por mucho que ella se hartara de mí (casi siempre con buenos motivos), por mucho que yo enloqueciera ante la letal posibilidad de perderla, creo que nunca dejamos de saber que éramos cada uno el destino del otro. De cerca o de lejos, siempre éramos conscientes de nuestro vínculo, del lazo de fuego que nos hacía existir en la calma y en la borrasca. A veces, cuando más nos amenazaba el torbellino del mundo (¡y mira que nos tocaron esos malos tiempos en los que vivir que Borges reconocía obligatorios para todos los humanos que fueron, son y serán!), ella decía, entre guasona y pensativa: «Mientras nos tengamos el uno al otro...». Ya está, ya no la tengo, ya soy la rueda que gira loca en el vacío tras la rotura de su eje. Nunca me atreví a imaginar siquiera qué habría detrás de ese «mientras» del que he sido desterrado para siempre.

No hago más que repetirme con desolación lo que antes era mi lema vigorizante: «Sin ella, no». ¡Sin ella! No.

Desde que la conocí, en los días embrollados y excepcionalmente dichosos de Zorroaga, siempre le fui estrictamente leal, sin proponérmelo, sin esforzarme. No hablo de *fidelidad*, que es una virtud que cedo gustoso a Lassie y Rin Tin Tin (me divierte ahora pensar que bastantes lectores jóvenes —si los tengo— no sabrán siquiera a qué actores de Hollywood me refiero). No, nunca he sido fiel en el terreno erótico; es más, no considero la fidelidad una virtud sino una triste y fea superstición, como decía Spinoza a otros respectos. Un puro fastidio, vaya, aunque a veces hay que disimular para no herir esa susceptibilidad amorosa que, aunque nos resulte risible en los demás, cada cual guarda a flor de piel. No fui fiel a Pelo Cohete, en los primeros tiempos de nuestra relación a sabiendas de ella, luego de manera secreta, discreta. Y, por tanto, tampoco fui del todo sincero, eso es lo que más me repugna al recordarlo aunque fuese indispensable, aunque fuesen sólo mentiras limpias y delicadas, mentiras para todos los públicos. Ella jamás dudó de cuanto le dije, de mis explicaciones legendarias: como nunca me mentía, no me relacionaba con la *necesidad* de mentir. Esta disposición facilitaba mucho mis manejos clandestinos, pero empeoraba la polución de mi conciencia. Mi único alivio, maldito hipócrita sincero a ratos, es que en todo caso, en todo momento, en toda circunstancia, siempre le fui leal; es decir, siempre estuve plenamente de su lado. Nunca dejé de preferirla, ni siquiera llegué jamás a plantearme mi incuestionable preferencia por ella. Jamás he dicho a otra mujer «te quiero» ni en el más histriónico engatusamiento para llevármela a la cama; hubiera sido una blasfemia contra la única divinidad respetable, el amor verdadero. Precisamente por eso no llegaba a ver incompatibilidad entre el amor que nos teníamos (cuando quieran, más adelante quizá, hablaremos del amor) y mis caprichos cochinos, mis vacaciones sensuales, los deliciosos complementos que resaltaban aún más desde las sombras el deleite profundo, incomparable, desgarrador a veces, de nuestro entendimiento leal y definitivo. Era la fuerza exultante que ella me daba —repitamos el *dictum* de Goethe: «Da más fuerza saberse amado que saberse fuerte»— lo que me permitía desbordar eróticamente en otras direcciones. Al perderla a ella, he perdido también a todas las demás.

Uno de los supuestos «consuelos» que suelen endilgarme los que aún consideran (bendita sea su buena intención) mi tristeza es la hermandad en la cofradía de la viudez. Algunos me dicen, con el tono tétrico digno del caso: «No hace falta que me lo cuentes, yo también he pasado por eso», y a continuación me informan de los detalles que acompañaron a la pérdida de su mujer. Luego suspiran y me miran con ojos comprensivos, pero también con un punto de reconvención, como si yo protestara exageradamente por tener que pagar un impuesto que tantos no inferiores a mí hubieron de saldar cuando les tocó. Implícitamente, parecen decirme: «¿Por qué tanta queja? ¿Qué te crees, que eres el único? También nos ha pasado a nosotros y ya ves, no aburrimos a nadie llorándole nuestras cuitas». Los más imbéciles incluso van más allá y, poniéndonos la mano en el hombro con una sonrisa de complicidad, proclaman: «¡Yo he rehecho mi vida!». Disimulo mi mueca de asco al escuchar a estos reciclados, sobre todo cuando insinúan que ahora debo seguir el mismo camino, que debo buscarme «novia» (uno llegó a decirme: «Ahora vuelves a estar en el mercado del amor», y no le estrangulé en el acto, lo que prueba que puedo controlar mi carácter mejor de lo que algunos dicen). Y ante los demás pongo cara de circunstancias, mientras pienso: «Venga, no me extraña que soportes tu pérdida con tanto estoicismo. Si a mí se me hubiera muerto tu mujer, probablemente me habría ido esa misma noche a celebrarlo». De acuerdo, puede que a veces sea injusto, pero no soporto que traten de convencerme de que todo el mundo es reemplazable, sobre todo cuando ha pasado suficiente tiempo para que uno no disimule ya sus ganas de reemplazarle. «Nadie es insustituible», dicen en los partidos políticos, cuando la jauría ha decidido defenestrar al líder que ya no muerde en la yugular como solía (véase el caso de Akela, el líder de la manada de lobos, en *El libro de las tierras vírgenes*). Pues claro, el político en decadencia o la cocinera o la asistenta o la compañía en la cama para echar un polvo, todos pueden ser sustituidos sin especial merma, a veces con una cierta incomodidad durante el período de reacomodo. Incluso podemos salir ganando, porque cuando se viene de lo que a fin de cuentas era mediocre es fácil mejorar. Pero nadie individualizado por el amor, que es lo que nos hace ser de veras únicos para los otros como lo somos para nosotros mismos, puede ser sustituido ni reemplazado. ¿Qué otra cosa es el amor sino lo que nos hace irreemplazables? Y ¿qué mayor, que más insoportable desolación que la de saber que seguiremos amando por siempre a quien hemos perdido y nada sustituirá? Y lo más paradójico es que se trata de una desolación a la que el verdadero amante no quisiera renunciar por nada del mundo.

No hace falta insistir más —ya se ha insistido demasiado, en todos los tonos, desde hace siglos— en el carácter inexplicable de la «cristalización» amorosa, por utilizar la célebre expresión de Stendhal. Uno puede describir con cierta precisión el tipo de mujeres o de hombres que nos atraen sexualmente; podemos encargarle a un amigo avispado que nos presente a una persona así, con razonables expectativas de que quedaremos satisfechos. Pero no sabemos de quién nos vamos a enamorar de veras (perdón por el pleonasmo, el uso vulgar ha trivializado intolerablemente la palabra) ni por qué. Quizá la única respuesta posible, tautología que nada explica pero al menos establece que no hay nada explicable, es la que ofreció Montaigne respecto a su amistad con De la Boétie: «Porque él era él, porque yo era yo». Pocas veces alcanza tanta profundidad lo más sencillo. Pese a ello, puede intentarse hacer una loa de las cualidades que más creemos apreciar en la persona amada. No necesitan ser obviamente positivas. Lo mismo que deseamos ser amados no por nuestros dones y buenas cualidades (en donde siempre puede haber otro que destaque más y, por tanto, resulte cualitativamente más «amable» que uno), sino a pesar de nuestros defectos y flaquezas, incluso *a causa de tales deficiencias* (el amor invencible de las madres, cuyo hijo preferido suele ser el menos agraciado o aquel al que aqueja alguna minusvalía), cuando recuerdo deliberadamente a Pelo Cohete —de modo involuntario la recuerdo sin cesar; juro que desde que la perdí no he pasado ni una hora sin pensar en ella— lo primero que me viene a la memoria es alguno de sus tiernos y deliciosos defectos. Eran lo más propio de su personalidad. ¡Ay, cómo echo de menos sus benditas imperfecciones! Daría todo lo que tengo, que en conjunto es *nada*, por volver a padecer algo de aquello que entonces, en la era de la felicidad, creía irritante. Pero también estaban sus cualidades solares, claro, a las que debo dedicar una reverencia en esta larga y confusa carta de amor que le estoy escribiendo.

Para empezar, Pelo Cohete fue la persona más genuinamente inteligente que he conocido. No digo la «mujer», claro, sino la persona, el ser humano o el espíritu libre, como prefieran. Esta calificación no es un cumplido ni un piropo hacia la sombra amada. Intenta ser el comienzo de su descripción, empezando como se debe por arriba. Cuando digo «inteligencia», hagan el favor de concederme que sé lo que me estoy diciendo. Para ser franco («hablando a calzón quitado» es la picante expresión que emplean en el Cono Sur), no me tengo precisamente por tonto, sobre todo comparado con lo que corre por ahí y es admirado como una franquicia de los Siete Sabios de Grecia. Pero mi «sabiduría», perdonen que la llame así, se compone de cierta viveza natural y una gran parte de conservas tomadas de aquí y de allá, tras una vida de lecturas. Es de bote, vamos. La de Pelo Cohete no era así: aunque tenía una amplia cultura literaria, filosófica, artística y cinematográfica, su talento estaba formado espontáneamente de agilidad mental, integridad, imaginación y una buena dosis de realismo, que a mí siempre me ha faltado. Quiero insistir en la imaginación, porque es la cualidad que más falta a la mayoría de las mujeres, si mi experiencia no me engaña. Muy listas pero sin imaginación (sobre todo las soñadoras, las «poéticas»). Como yo soy sobre todo imaginativo, o por lo menos «fantaseador», encontrarme con Pelo Cohete fue como dar con la pila adecuada para poner mi reloj amoroso en marcha. Aunque no por eso estuve nunca a su altura. Cuando yo pienso sobre algo, suelo compararlo con situaciones intelectuales anteriores, tomadas de la literatura o la filosofía, sobre cuyo ilustre modelo intento tallar mi razonamiento; pero ella reflexionaba de manera abierta y decidida, sin dejarse condicionar por ningún precedente más o menos admirable o atinado. Me acostumbré a que fuese la primera lectora de mis escritos, sabiendo que nunca fingiría aprecio por lo que no le gustase y que me lo haría saber con pocos melindres. En ocasiones era ella la que me sugería el tema («Tienes que escribir sobre...», para luego rematar con el mejor argumento: «Si no lo dices tú, no lo va a decir nadie») y después me discutía el planteamiento, me refutaba, me confirmaba, hasta darme finalmente el visto bueno. El primer, principal y a veces único objetivo de cuanto he escrito en el último cuarto de siglo era ganarme su aprobación. Supongo que será difícil para quien no lleva a cabo una tarea intelectual o artística entender lo que supone contar con una vigilancia así, a la vez fiel y fiable, entusiasta pero sin embobamiento acrítico. Y lo que significa perder ese apoyo impagable. Desde que ella no me lee, cuanto hago me parece hueco, plano, sin fondo ni relieve; carente de finalidad. De eso adolecen principalmente estas mismas páginas, empeñadas con terquedad en el imposible de evocarla... para *otros* (para mí no hace falta, pues nunca está fuera de mi pensamiento ni de mi ánimo).

Su inteligencia no implicaba pedantería porque sus maneras eran cualquier cosa menos doctorales. Al contrario, se expresaba con toda llaneza, hasta desabrida, incluso abusando de palabrotas y giros populares. Siempre con la mayor claridad de argumentos, precisa y articulada aunque nunca redicha. A veces excesiva, se dejaba arrastrar por el vértigo placentero de las enormidades, pero sabiendo que se pasaba. Conmigo iba todo lo lejos que podía, resbalaba tan contenta por la pendiente de las exageraciones aunque nunca faltas de fundamento (le encantaba escandalizarme, lo que tampoco resulta fácil), pero con otros interlocutores sabía ser más comedida: le gustaba convencer y sabía cómo lograrlo. Por lo mismo era muy buena profesora: privarla de su plaza docente no sólo fue una injusta tropelía y una puñalada para ella, sino una real pérdida para la Universidad del País Vasco. Aunque, a estas alturas, que le den por culo a la UPV, claro.

La cifra de su encanto, tal como ahora se me ocurre (aunque el «encanto» en la personalidad, como en el estilo literario o en el toque artístico, pertenece a lo que nunca se puede exhaustivamente definir ni comprender... de oídas), fue conservar junto con su viveza mental una disposición espontánea hasta lo ingenuo. ¿Puede hablarse sin oxímoron de «sabia ingenuidad»? Es atributo de los niños que no son meramente bobitos, pánfilos, pero tampoco repipis. Pelo Cohete era así, sabiamente ingenua. Y, por tanto, graciosa sin proponérselo la mar de veces, ella que nunca contaba chistes ni se empeñaba en hacer reír. Era el contraste entre lo mucho que sabía y lo bien que razonaba con una candidez pueril en la que caía a veces. Más que humor, ponía un inconfundible *sabor* en cuanto hacía y decía, en gestos o palabras. Usaba una serie de términos que yo no oía a nadie más que a ella y que entonaba de un modo peculiar: el mal olor era «un pestorro», las cañerías atascadas estaban «tupidas», cuando algo parecía a punto de romperse o de acabarse «estaba pidiendo misericordia», cualquier recipiente para beber que le pareciera demasiado grande era un «cancarro»... Lo decía muy seria, no pretendía efectos jocosos, pero a mí —parte interesada, desde luego, en mi niebla de adoración por ella— me resultaba tiernamente divertida. Yo con nadie me he reído tanto, hasta las lágrimas, hasta las lágrimas. Sí, como ahora mismo. Una de sus muchas paradojas, como ser la más coqueta del mundo y comportarse a la vez como un chicazo (cuando la conocí jugaba a pala en el frontón y era capaz de vencer a cualquier varón que cometiese el error de enfrentarse a ella), tener la mayor libertad de pensamiento y ausencia de prejuicios, pero a la vez mostrar en ocasiones exquisitas y hasta melindrosas formas de pudor, apreciar la sofisticación femenina en indumentaria y cosmética (salvo los tacones: ni altos ni bajos; nunca la vi con zapatos de tacón), pero a la vez detestar parecer una señora, ni siquiera una señorita. No he conocido mujer más femenina y menos *afeminada*. Por eso tenía tanto coraje. Siempre me ha sorprendido el absurdo empeño de hablar de mí como alguien valeroso (por nuestro comportamiento frente al terrorismo etarra) cuando en verdad la valiente siempre fue ella y yo sólo un poco a su lado, de prestado. Fui héroe consorte. Después, durante su enfermedad, demostré cuán poco heroico o estoico soy. A veces, estrangulado por la angustia, me revolvía en la cama por la noche y pensaba que debía contarle lo que sufría para que me consolase como sólo ella sabía hacerlo: tenía la tentación miserable de refugiarme en ella para poder soportar su propia enfermedad.

Cuando la perdí, creí tener la certeza, entre desolada y consoladora, si semejante absurdo es posible, de que no la sobreviviría mucho tiempo. Esta paradoja se me presentaba algo así como esos chistes que comienzan: «Tengo una buena y una mala noticia...». Como había perdido la razón de mi vida (malísima noticia), no podría durar mucho (buena noticia comparada con la anterior), de modo que el agudo sufrimiento que padecía sería al menos breve. O eso quería yo creer. Pero las cosas no eran tan simples, como descubrí pronto. Lo primero que aprendí, como ya he dicho, es que uno puede perder las ganas de vivir sin por ello adquirir ni mucho menos el apetito de morir. Para vivir no hacen falta propiamente ganas, basta la inercia: el alma (o sea, lo que supuestamente no puede morir) decide que ya no quiere continuar sufriendo, pero el cuerpo (que es lo que aparentemente muere y maldita la gracia que le hace) gruñe entre dientes: «Bueno, tú haz lo que quieras, pero yo seguiré mientras pueda». Elias Canetti, que tanto y con frecuencia tan perspicazmente ha escrito sobre los efectos espirituales de la muerte, anota que nadie muere de tristeza; al contrario, de tristeza se vive. En vista de que el supuestamente cercano final se hace esperar, el alma inventa una excusa para no sentirse tan culpable por su indecente supervivencia más allá de lo amado: «Si yo muero, ¿quién la recordará? ¿Quién celebrará sus gestos perdidos, su voz ya inaudible, su temple de fuego y miel, sus defectos que tanto echo de menos, sus virtudes que salvaron y alumbraron mi vida?». Aparece otra razón para vivir: amarla con toda la fuerza y todo el dolor del recuerdo que desafía su pérdida. En ello estoy, y ya han pasado más de cuatro años.

Más de cuatro años de sufrimiento, queda dicho, pero también de constante *miedo*, porque ahora su amor es ausencia y ya no me protege como cuando estaba presente. Durante mucho tiempo mi tarea principal fue tratar de protegerla de todo (también de mí, claro) y la desempeñé con celo —puedo jurarlo—, pero también con inmensa torpeza. No la salvé cuando llegó la amenaza definitiva, ni siquiera estoy seguro de no haber aumentado sus pesares y dolores con mis inútiles aspavientos. Al final estaba ya harta de mí, harta de que buscase su consuelo más que darle efectivamente el mío. En cambio, ella me protegió siempre durante toda nuestra vida juntos (mi verdadera vida, treinta y cinco años), me insufló ánimo, vitalidad y alegría con perfecta destreza, probablemente sin intentarlo siquiera. Quien no ha amado y ha sido amado no puede saber el brío y la coraza que brinda el amor. «Da más fuerza saberse amado que saberse fuerte», recordemos de nuevo a Goethe. Gran verdad, terrible verdad. Haber tenido esa fuerza, haberla perdido... John Stuart Mill, autor de *Sobre la libertad* (el libro que siempre recomiendo a quienes se me acercan con la

acostumbrada cantinela: «No he leído nada de filosofía. ¿Por dónde empiezo?»), conoció también el amor
fortificante de una mujer extraordinaria y después la
sensación de desvalimiento cuando le faltó: la pérdida
como perdición. El 9 de enero de 1854, cuando aún contaba con su Harriet, anota en su diario: «¡Qué sentido
de protección nos es dado cuando se tiene conciencia
de que se nos ama, y qué sentido adicional, además y
por encima de éste, cuando estamos cerca del ser por
el que más desearíamos ser amados! En el presente
tengo experiencia de ambas cosas. Pues siento como
si ninguna enfermedad peligrosa pudiera afectarme
mientras la tenga a ella para que me cuide; y al apartar-
me de su lado siento como si hubiera abandonado una
especie de talismán y estuviera más expuesto a los ata-
ques del enemigo que cuando estaba con ella». Ahora
yo soy la ciudad asediada que ha perdido sus murallas
y ha sido abandonada por su guarnición. Nunca fui hi-
pocondríaco, pero ahora todo me asusta, en cualquier
síntoma trivial veo asomar la bestia aciaga que va a
devorarme. Se diría que no creí de veras en la perenne
proximidad atroz de la muerte hasta que la vi morir
a ella, la indestructible, la necesaria... ¡Y cómo la vi
morir! Ahora me sé más mortal que nunca, tengo a la
muerte pegada a mi carne como una camiseta mojada... La túnica de Neso. Precisamente cuando menos
amo la vida es cuando más temo morir.

Los amigos, los simples conocidos también, suelen comenzar cualquier conversación conmigo con un

«¿cómo estás?». Sé a qué se refieren, no es la simple fórmula rutinaria de cortesía. También sé que incluye cierta dosis de impaciencia, algo así como «venga, ¿has dejado de quejarte ya?». He probado muchas respuestas, a veces una simple mueca de sonrisa dolorida (¡pche!), otras un resignado y falsamente heroico «voy tirando». Si tengo el día sádico, gruño «muy mal» y pongo cara de ir a hacer una crónica detallada de mis sufrimientos; el sobresalto incómodo de mi interlocutor vuelve a ponerme de buen humor. Para explicar mínimamente lo que siento tendría que intrincarme en un buceo psicológico del que ni yo mismo estoy seguro de salir con bien y que sin duda desconcertaría y aburriría a partes iguales a mi interlocutor. Debería decirle: «Mira, para empezar, ya no soy aquel que conociste. Me he convertido en otra persona, como ocurre en esas novelas o películas de ciencia ficción en las que un personaje es invadido por un alienígena que se apodera de su interior sin cambiar su aspecto externo. En esas narraciones el cambio de carácter del poseído estriba en que pierde sus sentimientos y se reviste de una impasibilidad antihumana; en mi caso, menos espectacular pero no menos decisivo, consiste en que la música de fondo de mi alma ha dejado de ser una sorda alegría y se ha convertido en una opaca tristeza. El tam-tam ha cambiado de mensaje, ya no hace sonar el redoble del triunfo sino el de la derrota. Ahora veo las cosas desde otra perspectiva: es cierto que no he vuelto a estar alegre, pero ahora la tristeza no me resulta algo tan ajeno y ofensivo como antaño. Me duele, claro, pero por nada del mundo renunciaría a ella. Nada sería para mí más triste que dejar de estar triste». Evidentemente, no es cosa de asestar este intrincado sermón al bienintencionado que se interesa por cómo estoy, de modo que me limito a contestar: «Parece que voy mejor, gracias», y pasamos a otros asuntos que se prestan con más facilidad a ser tratados con palabras. Los demás siguen esperando verme «mejorar», pero yo sé que mi situación anímica actual es definitiva, que sólo podría agravarse, con la desesperación de los años que se acumulan y degradan los aspectos mecánicos de la vida, los únicos que me quedan. Puestas así las cosas, ya que su acerbo recuerdo nunca va a dejarme, gracias a Dios, ¿por qué no intentar darle forma por escrito, que después de todo se supone que es mi campo? Lo que nadie recuerda es como si nunca hubiera existido, de acuerdo. ¿Por qué no intentar ampliar esa limitada supervivencia dejando testimonio literario de ella? En uno de los capítulos iniciales de sus *Memorias de ultratumba*, Chateaubriand menciona a dos ancianas parientes o vecinas suyas que vivían modestas y retiradas en una residencia campestre; en una página conmovedora, como tantas de ese libro magistral, describe esa existencia de insignificante placidez y melancolía, para concluir: «Cuando yo desaparezca, nadie recordará a estas mujeres y se borrarán para siempre». Pero precisamente esta mención inolvidable en su libro les asegura una sostenida memoria en todos los lectores: esas damas poco notables compartirán la inmortalidad parcial aunque no desdeñable (tan larga al menos como la perduración de la lengua francesa) del propio vizconde.

Pero Chateaubriand es Chateaubriand. «¡Ser Chateaubriand o nada!», exclamaba el joven Victor Hugo, que podía permitírselo. Yo desde luego no me atrevo a imitarle. Puedo asegurar sinceramente que nunca me ha inquietado ser un escritor menor, incluso un escritor menor... de segunda fila. Como me gusta mucho más leer que escribir, celebro que los demás lo hagan mejor que yo. Así tengo asegurado mi goce. Soy de los que suponen que el espectador que disfruta con Shakespeare es más afortunado que el propio Shakespeare. Me contento con haber tenido suficiente destreza en el manejo de las letras para haber podido ganarme decentemente la vida haciendo algo que rentabiliza laboralmente mis lecturas, pero que no se puede en verdad considerar un trabajo, en el sentido forzado y sudoroso de la palabra. Como ya he dicho, la más alta recompensa narcisista a la que he aspirado fue el reconocimiento de Pelo Cohete: «Qué bueno, ¿no?». Sin embargo ahora, por primera y última vez, quisiera ser un escritor realmente bueno para hablar de ella. Sólo un gran autor encuentra el acento debido, el tono exacto para contar esos sentimientos de júbilo amoroso o desesperación por la pérdida de tal modo que dejen de sonar a cosa ya sabida, sobada y resobada, para recuperar la magia de la revelación inédita que marca al lector. Ella se merece un talento mucho mayor que el mío para ser contada y cantada. Pero, por otra parte, si yo no lo intento con todas mis limitaciones, nadie lo hará. Ésa es la consideración que me excusa y me obliga a esta tarea.

Lo que yo quisiera contar no es el dolor de su ausencia como he hecho hasta aquí, la crónica de mi caída en desgracia. Necesito hablar de ella, no de mí, aunque después de tantos años juntos tendré forzosamente que aparecer junto a ella en la narración. De su vida antes de conocernos sólo puedo referir lo que ella me reveló, junto a leves conjeturas que he hecho por mi cuenta, no siempre fiables. Pero lo demás ya no puede ser *su* vida ni la mía, sino *nuestra* vida, la vida verdadera; es decir, juntos. Nuestras batallas, el coraje que ella me insuflaba, el calibre de nuestro increíble amor. Y trataré de describir su vitalidad y su fuerza, para aliviarme un poco del lacerante recuerdo de sus últimos meses. De los momentos atroces de su tortura clínica, cuya memoria —aún más que su ausencia— es lo que me ha destrozado por dentro. Porque la verdad es que luché por salvarla, pero hubo un momento en que me convencí de que era imposible y entonces, maldito sea por ello para siempre, lo que pretendí fue salvarme de ella. No hay nada más atroz que el abrazo del agonizante que quiere arrastrarnos consigo a las últimas profundidades porque eso es lo que prometió el amor en sus momentos verdaderamente serios: no abandonarte jamás. Llega un momento en que debemos elegir entre acompañar hasta el fondo a la persona amada que ya gira en el *maelström* vertiginoso de lo irremediable

57

o sobrevivir. Y yo he sobrevivido. Es lo que Imre Kertész, que pasó por un trance semejante al mío, llama con exactitud «la infamia conocida e insuperable de la autoconservación». Y lo explica con ese talento que ahora tanto quisiera para mí: «Tarde o temprano, el ser humano se encuentra en la situación de librar una lucha a muerte por su conservación, sobre la que se cierne la amenaza de ser devorada por un moribundo» (*Yo, otro*). Mi castigo ha sido y es recordarla siempre en sus momentos de implacable e indómita agonía, que me asfixiaba de espanto y compasión impotente. Pero ahora necesito tratar de contar lo que fue, lo que fuimos cuando aún triunfaba contra todo y contra todos la realeza de nuestro amor. Me parece tan difícil, tan difícil, y a la vez tan necesario...

Seguramente me llevará demasiadas palabras: aunque objetivamente no sean muchas (suelo ser más bien minimalista en cuanto escribo, no por afán de perfección sino por simple pereza), sé que serán demasiadas por el sufrimiento que van a costarme. Y sin embargo, si me conformara con las de otro de mayor talento, podrían bastar pocas líneas. Por ejemplo, éstas, escritas por W. H. Auden en abril de 1936:

Que los aviones den vueltas allá arriba
garabateando en el cielo el mensaje: «Ha muerto».
Pon crespones en los blancos cuellos de las palomas públicas,
que los guardias de tráfico lleven guantes negros de algodón.

Era mi norte, mi sur, mi este y oeste,
mi semana de trabajo y mi descanso dominical,
mi mediodía, mi medianoche, mi canción, mi charla;
creía que el amor duraría por siempre: era una equivocación.

Ahora las estrellas no son bienvenidas: apágalas todas;
recoge la luna y desmantela el sol;
desagua el océano y barre el bosque;
pues ahora ya nada tiene solución.

2

MI VIDA CON ELLA

Nadie la conversó que no se perdiera
por ella.

Fray Luis de León

La vieja Facultad de Filosofía de Zorroaga tenía un bar de verdad, de los que sirven bebidas alcohólicas, no una de esas cafeterías que hay en los centros académicos actuales donde no se puede beber nada más fuerte que un café doble. Yo tenía mis clases de ética a lo largo de la mañana, tres prácticamente seguidas, en las que repetía la misma lección a tres cursos distintos. Procuraba no cambiar ni una palabra relevante de uno a otro, porque si introducía alguna novedad en alguno, al día siguiente tendría que recordarla para repetirla a los demás y ese esfuerzo de memoria minaría la placidez rutinaria de las clases. También existía otra amenaza: los alumnos más entusiastas, no sé si masoquistas o sádicos, que asistían a las tres clases seguidas. Por supuesto, yo contaba tres veces los mismos chistes como si se me ocurrieran en ese momento, con una naturalidad de la que soy maestro. Pero era difícil fingir espontaneidad cuando veía insinuarse una sonrisa en sus aborrecibles rostros cómplices al acercarse el momento de la consabida broma. Varias veces intenté amablemente disuadirlos de tanta asiduidad, pero fracasé; se empeñaban en creer que siempre existían variaciones apreciables en el triple retorno de lo idéntico, cuyos ejercitados oídos descubrían incluso a mi pesar.

Entre clase y clase acudía presuroso al bar para tomarme un vino (o dos, si calculaba que no causaría escándalo) y hasta una bolsa de patatas fritas cuando tenía un poco más de tiempo. En la barra nada sofisticada del local se mezclaban con profesores y alumnos (estos últimos reconocibles por los enormes bocadillos de tortilla de patatas que eran capaces de devorar casi en cualquier momento de la mañana o la tarde) unos viejecillos con boina que tomaban sus vinos con patente deleite. Eran los huéspedes del vecino asilo para la tercera edad (no hay cuarta), que se escapaban del austero establecimiento para venir a un territorio libre donde no sólo podían beber vino, sino también codearse con mujeres jóvenes. Ninguna les hacía caso, claro, pero a eso ya les había preparado su larga vida. Eran los que más disfrutaban en aquel bar, para ellos clandestino como los del Chicago de la prohibición.

Sucedió una mañana, después de mis dos primeras clases. Yo apuraba mi vino, mientras consideraba si merecía la pena pedir otro, y mis patatas. Entonces se me acercó ella, muy decidida, como si viniera a transmitirme órdenes. No diré que no había reparado antes en ella porque sería mentir. Y no es que ella hiciera nada por llamar la atención, es que la llamaba, sencillamente, naturalmente, como perfuman las flores o sobresaltan los truenos. Iba vestida de negro con toques blancos, como durante años habría de verla hasta que llegásemos a la época del color en el cine de nuestra vida. Tenía un corte de pelo a lo punki, con puntas disparadas hacia arriba, origen del apodo de Pelo Cohete que ella misma adoptó como *nom de guerre* para siempre, aunque no mantuvo demasiado tiempo esa moda capilar. Recuerdo que uno de los primeros regalos que le traje al volver de uno de mis viajes hípicos a Londres fue un pequeño busto de una punki con cresta coloreada mucho más llamativa que la suya, comprado en Carnaby St.

«He estado en tu clase.» Así empezó. Nada de «soy alumna tuya» (el tratamiento de «usted» no tenía curso legal en Zorroaga), «estoy matriculada en tu curso» o cualquier otra señal de que reconocía su papel de estudiante frente al profesor, sino más bien adoptando el aire de una inspectora del Ministerio en gira de vigilancia. «¡Y no me ha gustado nada!»

Después me explicó con enérgico desparpajo por qué me había ganado una puntuación tan baja. Como no tengo el mínimo recuerdo del tema de la clase ni de su argumentación en contra, me contentaré con anotar aquí mi levemente irritado pero también algo fascinado asombro en aquel momento. Una chica atractiva, moderna, lista, impertinente... Lo que más me aterraba entonces, lo que andaba buscando. Aunque soy el peor psicólogo del mundo para situaciones de pareja, hasta yo pude darme cuenta de que el ataque de Pelo Cohete no era expresión de hostilidad y rechazo, sino su forma de establecer —imponer, más bien— una relación amistosa. O incluso quizá algo más. ¡Uf, cuidado, prefería no pensarlo!

¿Por qué se había fijado en mí? Siempre he desconfiado de la salud psíquica e incluso física de las mujeres que muestran tal interés. Soy como el pobre al que invitan a merluza y sospecha que esa generosidad se debe a que está algo podrida. Seguimos charlando y me enteré de que era gran aficionada al cine, asunto del que entendía mucho más que yo. Por entonces yo colaboraba en *Casablanca*, una revista dirigida por mi amigo Fernando Trueba, que me había concedido una página para que yo escribiese con el pretexto del séptimo arte sobre lo que quisiera. Es algo que siempre me ha gustado, tener permiso para divagar. Y de vez en cuando hacer una disimulada confesión íntima, si es con un punto de patetismo autocompasivo, tanto mejor. Ella había leído esas colaboraciones y las apreciaba mucho; de hecho, la clase que acababa de censurarme la consideraba por debajo de lo que podía esperarse de quien las había escrito. Como en otras ocasiones, competí contra mí mismo y perdí por corta (o mala) cabeza. Uno de mis artículos en *Casablanca* se titulaba «Alone» y trataba de la soledad que padecía o creía padecer (luego he aprendido que lo malo no es la soledad sino la desolación), razonando con algún apoyo peliculero. Yo estaba bastante contento del resultado, algo que sólo me pasa de vez en cuando con artículos porque es el único género en el que no creo ser irremediablemente deficiente. Y a ella le había gustado también. Mucho. En cierto modo, lo consideró una *llamada*. En fin, que ya estábamos más o menos conectados. Por supuesto, yo permanecía infinitamente receloso, porque me parecía muy joven (no lo era tanto, sólo unos diez años menos), demasiado seria y exigente (pobre de mí, siempre he creído que me iban las cachondas) y claramente alineada en las filas euskaldunas, vascoparlantes, radicales... en las que yo no era precisamente popular. En esto último, como en tantas otras cosas, me equivocaba. Ella era radical, desde luego, lo fue desde el día en que la conocí hasta el último de su vida, más radical que cualquiera de los antropoides de pendiente en la oreja y pañuelo palestino al cuello que matoneaban por entonces en Zorroaga y que ya están todos hoy colocados en dependencias institucionales vascas. Más radical que yo, lo cual admito que no es poner el listón muy alto aunque también tengo mi punto a veces. Pero ella era radical en la búsqueda de libertad vital zafada de cualquier traba supersticiosa, reaccionaria o progresista, de izquierdas o derechas; radical a veces hasta la violencia, pero sólo con daño para ella misma, nunca realmente contra los demás; radical sin ventajas políticas, sin concesiones a la jerarquía asumida por los otros, sin aspirar a una buena colocación revolucionaria o conservadora; de un radicalismo basado en el horror metafísico, no en el fastidio histórico; sobre todo radical en su compasión por los más pobrecillos, niños o viejos, por quienes sufren abandonados como ella sufrió en su día y así forjó su ánimo fiero. Poco o nada tenía en común con los radicales de caserío, con la gesticulación subversiva y siempre subvencionada bajo cuerda de la mafia separatista. De eso me fui enterando poco a poco, cuando la conocí mejor y supe algunos retazos de su pasado.

Era muy celosa de la mayoría de los detalles de su biografía, otros en cambio los repetía con frecuencia. No dejaba a nadie ver su DNI, por ejemplo, y le costaba enseñarlo hasta para instancias oficiales. Parece que su documentación no era del todo regular, por no decir algo más grave. Preguntarle por fechas de su vida o nombres de familiares era ganarse un bufido. En cualquier caso, llevaba los apellidos de la madre porque sus padres no estaban casados ni creo que se frecuentasen demasiado. Lo seguro es que había nacido en la isla de Gran Canaria, en una barriada o aldea cercana a la capital que llevaba el nombre predestinado de Casablanca. En una zona pobre, muy pobre; por decirlo sin rodeos, un auténtico vertedero. Su madre, a la que conocí bien porque pasó con nosotros sus últimos años, era sensual y frescachona, nada tonta, con un fondo duro que podía ser implacable con cualquiera que no fuese su hija. Debió de hacer muchos trabajos (entre ellos, chica de alterne) y prefería divertirse a tener ahorros. Le gustaban los hombres, que nunca le faltaron, y su ídolo tanto varonil como artístico era Alfredo Kraus, lo que revela buen gusto. Del padre, que nunca se ocupó de ellas, lo único bueno que contaba Pelo Cohete era que se parecía a Clark Gable. Por lo demás, debió de ser un cabrón de cuidado, tanto que la niña con sólo nueve años le escribió una carta que devino en auténtico memorial de agravios, tan implacable y argumentado que el así cuestionado no podía creer que fuese obra de esa pequeñaja. También se enfrentaba con su madre, que por lo visto entonces la zurraba (cuando yo la conocí, sentía por su hija auténtica veneración), y se pasó una temporada en un internado de monjas de las que no guardaba buen recuerdo. Debía de tener siete u ocho años y se escapaba con frecuencia del corral de las monjas. Se iba a los descampados y colinas de los alrededores, para jugar sola a sus fantasías. Y allí se encontraba a veces con un viejo vagabundo, al que se acercaba sin temor. Apenas hablaban y él nunca se tomó la mínima libertad impropia con la niña, que era realmente preciosa. Sólo se cogían de la mano, sin decir nada, y se iban andando juntos por el campo;

él quizá pensaba en todas las desventuras pasadas, y ella vislumbraba las que traería el porvenir. Cuando volvía, solían castigarla. ¡Qué no daría yo por haberla conocido entonces, una chiquita seria y rebelde, llena de gracia involuntaria y con un carisma huraño que nunca la abandonó!

Pese a la miseria y las fatigas de esos años, también sus recuerdos infantiles que a veces me contaba tenían aspectos luminosos, propios de días pasados al sol y cerca del mar, en arenales donde nunca faltaba la fruta (¡esos mangos que adoró toda su vida y que eran como su magdalena proustiana!) y el pescado, con juegos siempre al aire libre cuyo relato me recordaba algunas páginas de otro niño pobre pero aun así feliz, Albert Camus. Al comenzar su adolescencia la madre se trasladó a Barcelona con ella y con el hermano menor, un muchacho de buen porte pero falto de esa energía que a ella le rebosaba. A pesar de que Pelo Cohete echaba pestes de él y le achacaba muchos de los desastres de sus años juveniles, siempre se preocupó por ayudarle incluso más de lo prudente, porque él terminó viéndola con ojos de parásito. Murió repentina y desastrosamente un par de años después que ella; fue el único momento en que me alegré de que Pelo Cohete no estuviese allí para sufrir ese golpe que le habría hecho revivir toda la desventura de su niñez, que siempre tuvo ya demasiado presente. En Cataluña se instalaron en Hospitalet, en un pisito de alquiler sumamente modesto de una barriada obrera. Pese a todo, ella lo recordaba como un importante ascenso en la escala del confort. Allí hizo su bachillerato, ayudando a pagarse los estudios con pequeños trabajos como vender helados en las Ramblas. ¡Qué bien me la imagino, dispuesta y vivaracha, ofreciendo su mercancía muy seria a los palurdos pseudoilustrados que iban a sacar entradas en el Liceu! ¡No haber estado yo allí para seguirla, para aplaudir su garbo, para comprarle luego de golpe toda la mercancía y decirle: «Anda, ya está, asunto terminado. Puedes irte a casa a leer»!

Muchos años después, casi medio siglo, pasábamos una noche atroz en el Hospital Clínico de Madrid. Ella se iba muriendo, yo la veía morirse, acojonado e impotente. Era la alta y fatídica madrugada. Ni dormidos ni despiertos, en una duermevela de pesadilla, sentíamos circular una y otra vez el noticiero de 24 horas en la televisión, con el sonido muy bajito. De pronto se oyó una referencia a Hospitalet y ella se despabiló un poco. Con su garganta desgarrada por las sondas y una voz aniñada por el sufrimiento, me dijo: «¡Hospitalet! ¡Mira, de ahí soy yo!». Lo más conmovedor es que había un punto alegre en ese reconocimiento. Volvía a la orilla de la última pleamar el recuerdo de la adolescente cuyo valor sin doblez derrotaba a la miseria ofreciendo helados. ¡De ahí soy yo! Olvidaba su infancia canaria y luego su primera juventud en Francia, después en San Sebastián, la madurez a mi lado, Mallorca... En su agonía decidió —o la inescrutable memoria decidió por ella— quedarse para siempre en aquellos trece o catorce años definitivos de empollona (la mejor en matemáticas, me contó, y seguro que en otras cosas también), con trabajillos para ganarse su dinero y ayudar a la vez a una familia siempre necesitada. Desde luego, hablaba catalán como si realmente fuese de Hospitalet, qué digo Hospitalet, del mismísimo Olot. Ni ella ni su familia fueron «inmigrantes» en el sentido —tan respetable por otra parte, desde luego— en que lo son quienes hoy llegan buscando hospitalidad cívica entre nosotros desde Siria o el África subsahariana. Eran españolas que se mudaban dentro de su país a vivir donde les parecía mejor, sin tener que pedir permiso a nadie. Ni siquiera eran *els altres catalans* de Francisco Candel, sino españoles y españolas de otro origen, como casi todos los que vivían en Hospitalet; tan españoles como el resto de los nacidos en Cataluña, ¡faltaría más! Parece increíble que hoy esas cosas fundamentales se les borren a nuestros izquierdistas enredados en los embelecos separatistas, tanto más cuanto más radicales, olvidando en qué consiste la ciudadanía, si es que lo han sabido alguna vez, y sobre todo que la quiebra de la igualdad dentro del Estado se hace siempre a costa de los más humildes. ¡La ciudadanía libre e igual de todos es la riqueza de quienes no cuentan con otra!

A partir de retazos y revelaciones de refilón fui construyendo el relato que trato de contar ahora de manera ordenada por primera vez. Nunca le pregunté directamente por estos asuntos del pasado. No quería parecer fisgón, ni que reviviese a contrapelo épocas de su vida que pudieran dar un regusto amargo a nuestro presente juntos, que yo quería impecablemente feliz para ella. De modo que a veces tengo que rellenar los huecos de su historia con suposiciones mías, que siempre intento que sean lo más sobrias posible. Al final del bachillerato, con dieciséis años, se fue a Francia con un chico, me parece que francés. Con su facilidad habitual, aprendió la lengua del país casi a la perfección. Después no sé si ese mismo chico o quizá otro le introdujo en los círculos del nacionalismo radical vasco. Comenzó a vivir en el País Vasco francés y también, como era su costumbre y casi su destino, aprendió euskera con un rigor envidiable. Y de ahí pasó a ETA. Sí, adelante, lector hipócrita (tengo que reconocerte como semejante aunque no voy a llamarte «hermano» ni de coña), es el turno de escandalizarte cuanto quieras. El amor de mi vida fue etarra durante un año por lo menos. Y para aumentar la berrea les diré que dos o tres de mis mejores amigos lo han sido durante bastante más tiempo. De modo que cuando hablo contra la banda no es sólo por el santo miedo burgués a la subversión armada, que me parece justificada en ocasiones de flagrante imposibilidad democrática, sino porque cuento con la experiencia directa y adversa de personas en cuya honradez humana confío.

De su etapa terrorista ella me contó poco y yo no le pregunté casi nada. Por supuesto, no entró en la banda por ideología nacionalista, que nunca compartió (ni su biografía ni su inteligencia la inclinaban a ello), sino por rebelión social: ella quería luchar desde niña contra los pisoteadores de pobres. No llegó nunca a verse envuelta en un hecho de armas, aunque en una ocasión se le encargó el acecho de alguien junto a otro compañero y compartieron una pistola sobre cuyo uso ambos tenían nociones más bien elementales. De común acuerdo dieron largas al asunto y lo dejaron correr. Como la conocí bien, dudo que llegado el caso hubiera sido capaz de atentar contra nadie; era muy valiente y de trato brusco, pero nada cruel. Forzada por las circunstancias o por su temperamento, podía hacer daño, pero siempre a sí misma y de ese modo a quienes la queríamos y sufríamos por ella, con ella. En cualquier caso, tuvo claro cuando murió Franco que la razón de ser de ETA —si es que la tuvo, lo que después ya no creía— finalizó con el funeral de la dictadura. Pero me contó algo muy significativo de sus últimos meses de militancia. El grupo de jóvenes etarras se reunió en París con intelectuales «progresistas» a los que exponer sus motivos, como Julio Cortázar y nada menos que Sartre *cum* Simone de Beauvoir, la divina pareja. La muchachada violenta pero ingenua sólo recibió de sus ilustres mayores halagos y testimonios de admiración, ni una palabra para recomendarles que ayudasen a restablecer la democracia y optasen por la vía política para defender sus ideales. Más bien lo contrario, los animaban a no abandonar la lucha ahora que había muerto el dictador, a dar el golpe definitivo... Seguro que si hubieran ido a ver a Albert Camus, el consejo habría sido bien diferente, pero de todas formas me asombra —hoy como ayer— la nociva imbecilidad política de muchos intelectuales de izquierda.

Afortunadamente, a pesar de su juventud y su vehemencia, Pelo Cohete estaba poco dispuesta a escuchar a esos santones. Nunca se dejaba impresionar por la reputación de nadie, ni aunque fuera cinematográfica, que era la que más respetaba (por ejemplo, el encontronazo con el repelente Jerry Lewis que tuvo años después en el Festival de Cine de San Sebastián). Su radicalismo no era ideológico, porque había leído a muchos poetas y novelistas pero nunca a Marx y compañía (su pensador político preferido siempre fue Platón); brotaba de la miseria de su infancia y del instinto certero de compasión que poseía en grado eminente. De modo que tuvo inmediatamente claro que el responso de Franco era el toque de retreta para los guerrilleros antifranquistas. Y regresó a España, al País Vasco, que tanto le gustaba como paisaje y cuya lengua endiablada hablaba mejor que la mayoría de sus poco locuaces nativos. Los que la conocieron allí, con su porte vigoroso y decidido, derrotando con la pala en el frontón a varones muy curtidos, ajena a todas las zalamerías y melindres que definen el lado cortesano de lo femenino, la tenían por el epítome de la hembra vasca en su más intimidatoria pureza. Me la ponían como contraejemplo de mi forma de pensar antietnicista: «Dirás lo que quieras, pero tu chica no puede ocultar que es más vasca que el monte Gorbea». Yo asentía, sonriendo. Porque siempre he creído que la identidad cultural no es algo impuesto por la cuna o la genealogía, sino una invención personal única e irrepetible. Alguien puede nacer en las islas Canarias con parientes canarios por los cuatro costados y ser sin embargo catalana de Hospitalet cuando quiso y después vasca porque le apeteció y siempre ella misma, inconfundible, mi chica maravilla.

A partir de nuestra primera charla en el bar de Zorroaga, nos emparejábamos con frecuencia para hablar. Teníamos aficiones intelectuales comunes, como Schopenhauer (a quien llamábamos familiarmente «Txopin»). En cierta ocasión me dejó arteramente que le hablase largo y tendido sobre Thomas Bernhard, recomendándole su lectura como un descubrimiento que no podía dejarla indiferente (¡pobre Pigmalión!), hasta que rompió su cortés silencio con una sonrisilla y me demostró en dos minutos que lo había leído más y mejor que yo. También compartíamos afrancesamiento: ella me mandaba a modo de cartas breves poemas de Jacques Prévert (hay dos líneas suyas que años después resumieron insuperablemente mi destino: «Reconocí a la alegría por el ruido que hizo al marcharse») y preferíamos la *chanson* francesa a los mitos anglosajones del momento. Me descubrió a Barbara y a Serge Reggiani, que sigo escuchando sin ella con una emoción difícil de describir. Ni los Beatles ni los Rolling Stones, por no hablar de su enjambre ruidoso de imitadores, nos conmovieron ni poco ni mucho; sólo Elvis, como concesión al universo yanqui. En cambio, Jacques Brel o Édith Piaf... También adoraba a Arthur Rubinstein: una *cassette* del gran pianista comprada en Venecia fue otro de los primeros regalos que le hice. Y allí donde viviese entronizaba un piano Steinway que viajaba con ella (ahora está conmigo en el cuarto que fue suyo) y que nunca la vi abrir.

En otros campos no podíamos ser más distintos. Por aquellos días (y aún hoy, en la medida en que una salud ya no tan boyante como antaño me lo permite) era propenso al exceso en casi todo, una forma de entusiasmo. Bebía y comía como un vasco de tebeo, me apuntaba a todas las drogas que se ponían a mi alcance —salvo las que se inyectaban, las agujas siempre me han suscitado un supersticioso rechazo— y follaba cuanto podía, sobre todo con la imaginación. Como apunta Ramón Eder en uno de sus estupendos aforismos, «en sueños nadie es monógamo». ¿Deporte? Podía haber aspirado a la medalla de oro en siesta estilo libre, si tal ejercicio estuviese en la lista de las disciplinas olímpicas. Todavía creo que ahora mismo resulto difícil de batir en dicha especialidad. Por el contrario, ella no fumaba ni apenas bebía, y por el resto de los paraísos artificiales nunca tuvo ni curiosidad. Se alimentaba fundamentalmente de fruta, que consumía a todas horas, y los platos elaborados —salvo el *confit de canard*, un vicio adquirido en su época parisina— invariablemente le resultaban «demasiado fuertes». Era una de esas personas para mí incomprensibles que se olvidan de comer cuando el horario convencional lo pide; años después, viajando por esos países como Francia o Italia en los que yo empiezo a imaginar el menú desde que me despierto, si después de un buen almuerzo empezaba a proponerle lugares para cenar, me decía con fastidio: «¿Otra vez vamos a comer?».

Merece la pena rememorar la primera vez que la invité a un restaurante. Fue al antiguo Urepel, en el paseo de Salamanca, ante el Kursaal y la desembocadura del Urumea; por entonces era el establecimiento con mejor relación calidad/precio de San Sebastián. En aquella época me había dado por la gilipollez de la gastronomía, aún me sonrojo al recordarlo. Era la moda de lo que luego llamé, ya de salida de ese lamentable esnobismo, «los pensadores del pienso», plaga que no ha hecho más que empeorar y que hoy contamina las televisiones, los suplementos dominicales de los periódicos y todo tipo de congresos o cumbres sociales. Estamos sometidos a Lúculos de vía estrecha siempre repartiendo instrucciones para el paladar hedonista. Los huyo como a predicadores de cualquier otro timo paradisíaco y ostentoso: en cuanto me dicen que un comedero ha ganado estrellas Michelin, no vuelvo a pisarlo. Pero en aquel entonces me las tiraba de entendido en materia de condumios refinados y de los vinos apropiados para realzarlos. De vez en cuando me permitía rechazar una botella recién abierta porque «estaba algo picado» o cualquier otra monserga. ¡Yo, que siempre he bebido por los efectos del alcohol y apenas noto el sabor de lo que tomo! Total, que aquel día en el Urepel estaba decidido a fascinar a Pelo Cohete con mi madura sabiduría en las artes de la mesa. Elegí un menú para los dos, con todo un despliegue de acotaciones pedantes, y luego comencé: «Bueno, ahora lo más importante, el vino. ¿Te parece que empecemos con un blanco de...?». El *maître*, el excelente Tomás, esperaba con piadosa compostura nuestra decisión. Pero ella no me dejó seguir desbarrando y zanjó con su energía habitual: «A mí tráeme una Coca-Cola». Así empezó a enseñarme a vivir: me *purificó*.

Como creo haber señalado ya, soy un desenvuelto libertino en espíritu, pero un pobre hombre tímido y acomplejado al pasar a la práctica. Vamos, lo corriente. De modo que mi cortejo a Pelo Cohete fue bastante torpe. ¡Ni siquiera me di cuenta hasta el final de que era ella la que me estaba cortejando a mí! Por supuesto me atraía, era guapa y muy lista, la combinación que siempre me ha resultado irresistible. Yo nunca he tenido ocasión, como otros lisiados que he conocido, de dudar de la inteligencia de las mujeres y no porque me condecore una vocación feminista, es que todas las que han contado en mi vida, de mi madre en adelante, han sido inteligentes, más inteligentes por lo general que los varones de mi entorno. La bella imbécil con la que revolcarme una siesta o un sábado noche bien regada es un personaje frecuente en mis fantasías masturbatorias, pero me ahuyenta indefectiblemente en la realidad. Un espíritu embotado, vulgar, repetitivo, envilece enseguida toda hermosura; en cambio, la presteza de ingenio auténtico, original, hace *resplandecer* inmediatamente los rasgos menos agraciados. Mi problema con Pelo Cohete es que sus propias virtudes me resultaban intimidatorias: culta sin afectación ni pedantería, capaz de expresar conceptos abstractos con un lenguaje sabroso y popular (aunque siempre le reproché ser innecesariamente malhablada), atractiva sin el menor empeño de seducción femenina, incapaz de coquetear pero fascinante a su modo irrepetible, enérgica y decidida aunque de un pudor casi obsesivo en lo tocante a su pasado... Incluso un cabestro erótico como yo se daba cuenta de que con ella tendría mucho o poco, pero nunca un amorío de fin de semana. Sin pretenderlo ni jugar al tira y afloja, resultaba espontáneamente *incómoda* de puro sincera. La admiración que me mostraba a ratos, cuando le interesaba un tema intelectual del que yo sabía más, colmaba mi narcisismo masculino, pero la contrapartida era la franqueza con la que denunciaba con vehemencia las deficiencias que yo trataba de emboscar en la hojarasca de mi palabrería. Y, con todo, capaz de mostrar un cariño tan entrañable como brusco, incluso a veces feroz. ¿Es posible hablar de una pantera *tierna*?

Me daba cuenta de que estaba cada vez más enredado con ella, pero, por otra parte, no me decidía a dar el paso definitivo. Si algo no podría ser nunca Pelo Cohete —¡hasta yo comprendía eso!— era un pasatiempo inocuo. Y yo por entonces creía preferir algo así como ligero, menos comprometido. Había dejado atrás un matrimonio traumático, luego una relación estable de pareja (satisfactoria en lo fundamental, aunque ya me tenía un poco aburrido) y ahora disfrutaba en Madrid con dos o tres rollos algo turbios pero que me divertían (ya he advertido que en estas cuestiones soy bastante imbécil) y me hacían sentir como un desacomplejado vividor. ¡Dios, qué desastre haber transcurrido con tan arrolladora ignorancia cuando todo en la vida era posible y no haber aprendido las lecciones esenciales hasta justo ahora, cuando suena el silbato que señala el final de las horas de recreo! Por otro lado estaba mi timidez sexual. Parloteando con ella como una cotorra sabia me sentía razonablemente seguro, a pesar de los frecuentes cortes que me daba; en ese juego de lengua e ingenio siempre he sido bueno, como en casi todo lo que no sirve para nada. No me importaba hacer el ganso en la cama con cualquier ligue de ocasión, viva Las Vegas, pero sentía un pudor extraño, casi premonitorio, a la hora de arriesgarme a decepcionarla a ella. De modo que nuestro raro noviazgo eran interminables paseos hablando de cuestiones filosóficas y literarias, una especie de máster amoroso. Ella compartía con dos amigas un apartamento en el barrio donostiarra de Gros («groseros» llamábamos popularmente a sus habitantes), en la calle San Francisco. En nuestros lentos paseos a la caída de la tarde yo la acompañaba hasta su portal, a través de esa parte de un San Sebastián para mí desconocido. En el portal seguíamos charlando y luego ella volvía conmigo hasta el puente del Kursaal (aún no existía el hoy reputado edificio de Rafael Moneo). A veces nos despedíamos allí, pero la mayoría de las ocasiones seguíamos de vuelta juntos a la calle San Francisco... hasta repetir la jugada. Uno de esos noviazgos a la antigua, pero bastante absurdo en nuestro caso —si no lo es en todos— porque ni a ella ni a mí nos esperaban en nuestros respectivos domicilios ni padres ni otros parientes que pudieran pedirnos cuentas al vernos entrar juntos. Si hubiera sido por mí, todavía seguiríamos yendo y viniendo como la lanzadera del amor dubitativo. Pero una noche, al ir a besarla como despedida en su portal, me dijo con su tono algo brusco y sin embargo irresistible: «Bueno, ¿qué? ¿Subes o no?». Subí, claro que subí. Algo ruboroso, pasé el Rubicón.

Mi mayor dificultad para desempeñarme como memorialista es que se me olvida todo (nombres, fechas, lugares, situaciones) con prontitud asombrosa. Sólo me quedan grabados algunos episodios inconexos, como flotando en el vacío, y es la imaginación quien rellena el hueco entre ellos con sus intencionados caprichos. El resultado es, por decirlo con suavidad, poco satisfactorio y nada fiable. Pero de vez en cuando *algo* permanece fijo, nítido, casi resplandeciente, en ese magma de borrosas transiciones. Inconfundible, inolvidable. Aquel cuartito del apartamento de la calle San Francisco es uno de esos hitos. Era el del fondo, tras el que ocupaba una rotunda alemana y el de Ana, la mejor amiga de Pelo Cohete y también alumna mía. Estaba decorado con toques de fantasía y barroquismo, al menos lo que en ese campo podía conseguirse con el mínimo de dinero. Era la marca de Pelo Cohete, que no sabía vivir sin personalizar su entorno. Le encantaba la decoración y la organización hogareña; hasta su habitación de hotel en Baltimore, durante su infructuoso tratamiento en el Johns Hopkins Hospital, se transformó en un lugar lleno de cuadros, bandejas originales, flores, etcétera. En el pequeño cuarto del pisito de San Francisco el centro lo ocupaba un amplio colchón puesto en el suelo, sin somier ni cosa parecida. El colchón en el suelo, nada más, con una almohada, una sábana de color azul oscuro y la manta. Allí dormía ella, allí nos tumbamos los dos, aunque no para dormir. Años después, pensando en estas notas, le pedí a su amiga Ana que me refiriese por escrito sus impresiones sobre Pelo Cohete. Para mí ella tuvo el privilegio impagable de conocerla y tratarla antes de nuestra intimidad. «Tenía un gran éxito con los chicos —me escribió Ana— y, en mi caso, que era todo lo contrario, a veces sentía un poco de envidia; pero no sólo con ellos, sino con toda la gente en general. Donde estaba ella era como si hubiera una luz a la que todos dirigían sus miradas: era atractiva, interesante, exponía sus puntos de vista y los defendía, no tenía miedo. Recuerdo una vez que la visité en un *barnetegi*, un internado de verano donde se daban clases de euskera. Durante la cena, ella era el punto de atención, tenía colado hasta el cura del pueblo que estaba allí cenando. En el viaje que hicimos juntas a Nueva York visitamos una exposición contemporánea. Los visitantes tenían que pasar por una puerta y, en función de su energía vital, se encendía una luz. Iban pasando los visitantes sin que ocurriera nada, hasta que le llegó el turno a ella, la vital: pasó y la luz se encendió.»

Cuenta Plutarco que Alejandro nunca despidió un mal olor, porque hasta su sudor después de los ejercicios más enérgicos era fragante. En aquella época de escasa cosmética viril no era poco mérito. Incluso muerto parece que guardaba un aroma suave, delicioso, inconfundible. El lector puede mostrarse escéptico y suponer que en ese punto Plutarco se puso hagiográfico, pero yo doy testimonio de que esa rareza es al menos posible. Pelo Cohete nunca olía mal, en ninguna circunstancia. Y eso a pesar de que solía dormir con blusones y jerséis, como si fuera a subir al monte, que luego conservaba tal cual al levantarse y deambular por la casa. Aclaro, por si falta hiciere, que no soy melindroso en el juego sexual, más bien todo lo contrario. Comparto la opinión de Woody Allen sobre que el sexo sólo es sucio si se hace bien. Los olores íntimos que en ocasiones menos apasionadas pueden desagradarnos, en los momentos del ataque amoroso me resultan de lo más estimulantes. De modo que mi opinión sobre la falta de hedores de cualquier tipo en Pelo Cohete es objetiva y desinteresada. Por supuesto, esta limpieza olfativa era anterior al uso de colonias y desodorantes que le gustaban mucho y escogía con buen gusto, pero apenas necesitaba. Cuando yo le decía que para qué insistía en ponerse nada si siempre olía bien, ella casi se molestaba: debía de suponer que mi intención era ahorrar...

Ya que estamos sobre el colchón, el primero de los tantos que compartimos, voy a contar otro tierno secreto de nuestras noches, aunque no lo descubrí entonces porque aquellas ocasiones iniciales eran demasiado agitadas para ello y yo solía volverme a mi casa a las dos o las tres de la madrugada. Ella hablaba en sueños; mejor dicho, dialogaba animadamente con personajes invisibles, se contaba chistes a sí misma y *cantaba*. Su voz se infantilizaba de un modo especialmente travieso, reía por lo bajines, y entonaba coplillas ininteligibles pero que sin duda expresaban un gozo secreto. Si durante el día habíamos tenido alguna bronca, cosa nada infrecuente y que a mí me desasosegaba mucho, siempre procuré que antes de dormirnos hiciésemos las paces. En nuestros treinta y pico años de convivencia, no creo que el sueño nos sorprendiese enfurruñados más de media docena de veces. Pero yo no me fiaba de su absolución (siempre era ella la que me perdonaba a mí, desde luego, y yo aceptaba siempre la culpa sin rechistar con tal de verla contenta) hasta que la oía canturrear dormida. O mejor, *gorjear*, ese sonido para el que en francés se utiliza el verbo *gazouiller*, que no sé bien por qué me resulta más adecuado en su caso. Cuando la escuchaba en el silencio de la noche, sabía que era por fin feliz en algún lugar inalcanzable para mí, pero me atribuía el mérito de que hubiese llegado sana y salva hasta allí. La reconciliación se había consumado. Nunca he sentido satisfacción más plena, nunca me he visto libre por fin de mis muchos pecados y arrogancias, que oyendo esos trinos. Ahora, en la oscuridad sin alivio de mis noches tristes, me mantengo en vela y a veces lejos, lejísimos, me parece volver a escuchar sus gorjeos. Pero no, para qué engañarme, no oigo nada, sólo el silencio total de la desesperanza.

He leído y he escuchado frecuentemente a seres de tino genial que narran cómo se enamoraron al primer golpe de vista y desde el minuto cero supieron que aquella persona y no otra estaba destinada a ser la compañía irreversible (iba a escribir «irremediable») de su vida. Envidio su intuición, pero desde luego no es mi caso. En los albores de nuestra relación, Pelo Cohete me gustaba, sin duda; es más, me *emocionaba* de un modo inédito. Siempre me conmovió tenerla cerca, verla, escucharla... hasta pensar en ella. Pero también me intimidaba bastante, como ya he dicho, y le encontraba —pobre de mí— insuficiencias y defectos que me prevenían de entregarme por completo. Estaba contento de haberla «conquistado» (fingiendo olvidar que la conquista fue al revés), aunque me empeñaba en permanecer abierto virtualmente a todo tipo de nuevos ligues y experiencias. No es que yo tuviese la vanidad de un donjuán de vía estrecha, nada de eso; nadie menos triunfalmente seguro que yo en asuntos eróticos. Mi estupidez era de otro tipo. Estaba en las últimas boqueadas de una relación de varios años con una mujer madura, culta, de gustos intelectuales y políticos bastante diferentes a los míos, pero con quien disfrutaba mucho en la cama y también fuera de ella. Su compañía me ofrecía tranquilidad y regocijo, era como un seguro de satisfacción carnal tanto como social. Me enseñó muchas cosas, no sólo cuando se desnudaba. Yo en cambio creo que llegué a hartarla notablemente. De modo que se buscó un amante más joven, tal como según el tópico hacemos los despiadados varones. Este abandono me hirió profundamente y sobre todo me asustó: ¿dónde iba ahora a encontrar otro complemento tan adecuado a mis circunstancias? Puedo testimoniar a favor del perspicaz y cínico dictamen de La Rochefoucauld cuando asegura que «todas las penas de amor son penas de amor propio». Aunque debo corregirle, porque eso es cierto de las penas de amoríos, pero no de amor. Éste tiene las suyas, mucho más insondables, que ahora (sólo ahora) conozco bien. El caso es que me tomé muy a mal mi postergación, como si alguien usurpara uno de mis derechos inapelables. Recorrí toda la gama risible de la frustración, sin perdonar ninguna de sus cabriolas de rencor: telefonazos llorosos de madrugada, cartas (todavía se escribían cartas en aquellos días remotos) que alternaban las súplicas abyectas con los insultos obscenos, maniobras de interferencia torpemente seductora con mi rival, manipulación de amigos comunes... Un auténtico e inconfundible recital de estupidez ofrecido por la vanidad erótica contrariada, tara que siempre había despreciado en otros y que no descubrí en mí hasta ese momento.

Mi verdadero defecto, empero, era (y lo ha sido hasta hace muy poco) uno realmente devastador, de esos que condenan a la trivialidad los asuntos reputados más serios de la vida, pero que a la vez nos salvan de caer en abismos sin fondo que se tragan enteritos a personas más formales: me refiero a mi prodigiosa capacidad de *divertirme*, en cualquier circunstancia y contra viento o marea. La gente como yo (supongo que habrá más) no busca la diversión por encima de todas las cosas, sino que encuentra el modo de divertirse con cualquier cosa, aunque en apariencia no tenga nada de divertida. Es decir, que padezco incomodidad, dolor, miedo o frustración, como cualquier hijo de vecino, pero *además* me divierto. Me divertí en la cárcel durante el franquismo, me divertí haciendo la mili, me divertí peleando contra los etarras mientras temía que me sorprendieran un mal día en un callejón oscuro (y me divertí mucho más cuando en cierta ocasión dije por la radio que me había divertido enfrentarme a ETA y eso escandalizó a todos los sacristanes políticos, que ante todo quieren estar seguros de que uno sufre de verdad). Salvo en los cócteles y en las conferencias de mis colegas, soy capaz de exprimir gotas de diversión de cualquier felpudo. También del desengaño amoroso que, por otro lado, me humillaba y asustaba tan indudablemente. Paladeaba la agonía de mi situación, me fascinaba encontrar en mí pozos negros de rencor y malignidad que nunca había tenido antes ocasión de imaginarme, me envanecía sentirme un combinado venenoso de Otelo y Yago, jugaba a padecer muchísimo mientras me daba importancia. Admiraba rechinando los dientes la desvergüenza de la traidora, mientras tramaba planes de venganza a cuál más pueril. Aprovechando que los chicos guapos siempre me han gustado también, decidí cambiar de acera y convertirme en un depredador homosexual para mostrar mi desdén por el eterno femenino o para demostrar que podía encarnarlo mejor que cualquiera de las propias interesadas. Rondaba cada noche por los locales de ambiente en el Madrid de la movida, obligando a mi sufrido amigo Luis Antonio de Villena a ser un resignado y escéptico Virgilio de mi descenso a los infiernos imaginarios... Aunque no por ello dejaba de perseguir a las mujeres cuando no me rehuían demasiado. Hubo algún día con tres encuentros —o encontronazos— eróticos de variado género, embutidos con pericia artesanal para no perturbar demasiado mis horas de lectura, que nunca he perdonado por nada ni por nadie. Y todo ello sin dejar de proclamarme tan desdichado como Melmoth. Retrospectivamente considerado, ¡hay que ver la salud que tenía yo entonces!

En fin, un continuo y fatigoso disparate, pese a que tenía, como ya he dicho, su lado divertido. Si hay otra vida en el más allá, *risum teneatis*, supongo que allí se nos premiará dejándonos volver eternamente a nuestros mejores ratos terrenales y el infierno será repetir por los siglos de los siglos los peores. No dudo que en mi caso el castigo me vendrá quedando atrapado en ese período de libertinaje rencoroso. Por entonces yo hacía el trayecto ferroviario entre San Sebastián y Madrid dos veces a la semana, una de ida y otra de vuelta. Pasaba un par de noches en el vagón coche-cama, que salía como a las once de la noche y llegaba a las ocho de la mañana. Yo dormía estupendamente, mejor que en casa; me arrullaba el traqueteo, los toques de silbato lejanos y arrastrados por la velocidad, el rumor de voces risueñas y como juveniles en la parada de las estaciones. En una mimosa duermevela me preguntaba: «¿Dónde estaremos? ¿Será ya Burgos?». Con frecuencia se me olvidaba si iba o venía. Para remediarlo, ponía las llaves de la casa a la que me dirigía al alcance de mi mano, de modo que bastase palparlas en la semioscuridad de mi compartimento para salir de dudas. Y después la alegría de llegar temprano a la ciudad fresca, mojada, aún inocente y ya prometedora. Mis dos vidas, la de San Sebastián y la de Madrid, no podían ser más distintas. En ésta, el desasosiego de los mil amoríos y su ridículo exhibicionismo egocéntrico; en aquélla, las clases, las copas y charlas con los compañeros de claustro (la recuperación del largo convivio de mi adolescencia) y... Pelo Cohete. Ahora me impaciento retrospectivamente al considerar cuánto tiempo perdí en tonteos y vacilaciones en lugar de entregarme del todo a la gran tarea de mi vida, que, como la de las demás vidas plenamente humanas, es disfrutar y padecer el completo amor. Pero es que el amor no se manifiesta de golpe, en un instante inapelable y magnífico, sin trámites, sin roces, sin ambigüedades; lo que llega como un flechazo es el deseo —cosa nada desdeñable, por cierto—, pero no el amor. Éste se parece más bien a aquellas fotos de la vieja Polaroid, cuyos trazos iban apareciendo poco a poco en la cartulina que agitábamos con impaciencia, mientras soplábamos para secarla antes: primero borrosos, confusos, luego lentamente diferenciados hasta alcanzar la máxima nitidez... o hasta convencernos de que habíamos estropeado la toma. El amor se *revela*. Durante un tiempo lleno de incidencias y contradicciones nos sigue asaltando la duda de que quizá el otro no es la persona adecuada, de que ese mesías amoroso aún está por llegar. «Después de muchos años, sólo después de muchos años, cuando entre nosotros y esa persona se ha tejido una tupida red de hábitos, de recuerdos y de violentos conflictos, sabremos, por fin, que era de verdad la persona adecuada para nosotros, que no habríamos soportado a otra, que sólo a esa persona podemos pedirle todo lo que nuestro corazón necesita» (Natalia Ginzburg, «Las relaciones humanas», en *Las pequeñas virtudes*). Luego llega la plenitud de la vida, pero también su tránsito, porque siempre acaba demasiado pronto.

Tolstói tiene mucha razón: no hay narración posible —es decir, suficiente, *convincente*— de la felicidad familiar. La dicha se degrada en el esfuerzo por contarla. Ahora yo quisiera ser capaz de transmitir al lector la cualidad única, inconfundible, de mi gozo amoroso con Pelo Cohete, pero sólo se me ocurren fórmulas gastadas que convertirán la singularidad de esos momentos en mansos tópicos de romanticismo pío. A pesar de haber constituido el tema poético por excelencia, el amor no puede realmente ser descrito porque carece de *exterior*: es todo por dentro. Sus circunstancias ambientales, sus rituales de cortejo, la codificación de sus éxtasis, son peripecias que nos aprendemos de memoria y disfrutamos como parte especialmente deliciosa de nuestra tradición cultural. Las tenemos siempre mentalmente a mano para referir nuestras experiencias al baremo de esos entrañables estereotipos: acariciamos mientras pensamos en lo que sabemos de otras míticas caricias, besamos rememorando la escala de besos incomparables que tenemos archivados para situarnos en ella según la valoración que nos merece nuestro logro, nos damos cuenta y contamos la serenidad o el apasionamiento de que somos protagonistas con las expresiones veneradas que están al alcance de cualquiera. Como señaló Henri Bergson, «cada uno de nosotros tiene su manera de amar y de odiar y ese amor o ese odio reflejan su entera personalidad. Sin embargo, el lenguaje designa esos estados con las mismas palabras para todos los hombres; así que no puede fijar más que el aspecto objetivo, impersonal, del amor o del odio». De modo que lo íntimamente irrepetible se ajusta a moldes externos, ilustres y frecuentes: quien nos lee o nos escucha se da por enterado y queda contento, porque está seguro de que sabe de lo que estamos hablando. Al advertirlo, uno se desespera, porque el amor cuya misión es individualizar hasta lo inefable se convierte al forcejear por ser transmitido en amable generalidad. Hay que elegir entre ese traicionero fracaso o el silencio.

Los mejores poetas, los genios literarios pueden permitirse abordar los aspectos más elevados del amor —de *su* amor— y aportar rasgos inéditos y reveladores. No es mi caso, y bien sinceramente que lo lamento. De modo que me refugiaré en lo que está más a mi alcance, la evocación de lo menor, la fibra dulce de la trivialidad. Si quisiera fijar una sola imagen como emblema feliz de plenitud con mi amada, elegiría las patitas de mono. Que las personas solemnes se tapen los oídos. Pero antes debo retroceder un poco para saltar mejor sobre lo que me interesa. Una de las cosas externas que me unían a Pelo Cohete era nuestra afición por el cine. Sin duda, ella sabía mucho más que yo del asunto, conocía a los clásicos más indiscutibles y los analizaba a su estilo, es decir, sin ninguna pedantería ideológica y con envidiable penetración *humana*. Yo no llego tan lejos; a mí me gusta el cine como mitología entretenida, como aventura tónica más allá de lo cotidiano. ¿Escapismo? ¿Y por qué no? ¡A mucha honra! Como bien señaló Tolkien, no merece la misma consideración moral el escapismo de quien abandona una trinchera que debe defender que quien se fuga de una cárcel en la que está injustamente prisionero. Yo nunca he sido desertor, pero soy un «fuguista» convencido y entusiasta. De modo que me gusta el cine popular, de acción, fantástico, escalofriante, no el que muestra tal como es la vida misma, porque para eso ya tengo a la susodicha vida sin necesidad de cámaras ni *travellings*. Este cine para todos los públicos también le gustaba mucho a Pelo Cohete, aunque a veces me regañaba por mi excesivo infantilismo fílmico y me obligaba a ver una película más «seria» con un tajante «no va a gustarte, pero ésta la tienes que ver». Pero bueno... ¿y las patitas de mono? Esperen, que ahora llego.

Leer ha sido el mayor placer de mi vida; lo sigue siendo. Siempre ha acudido en mi ayuda en los peores momentos, compensando males que sin la lectura hubieran sido estrictamente insoportables, rellenando las grietas del viejo albergue que amenaza derrumbarse sobre mí, calafateando el fondo de la chalupa que hace aguas mientras rondan los tiburones. Nietzsche dijo que la vida sin música hubiera sido un error; en mi opinión, una vida de la que estuviera desterrada la lectura sería peor que un error, resultaría un crimen, una refinada tortura. Aunque el cine me gusta también muchísimo, no se me ocurre ponerlo al mismo nivel que los libros como fuente de gozo y paliativo de la existencia. Salvo por un aspecto, sí, una ventaja —me atrevo a decirlo así, una ventaja— que tiene (¡tenía!) para mí por encima de los libros. Como no he padecido los refectorios monacales ni las fábricas de tabacos decimonónicas, leer es para mí un vicio deliciosa y necesariamente solitario. Comprendo muy bien a san Ambrosio, sabio maestro de san Agustín, que se arriesgaba a parecer poco caritativo leyendo para sus adentros en una época en que nadie aún dominaba ese extraño arte, a fin de que los importunos no le distrajesen de su hechizo monoplaza con preguntas o comentarios. Pues bien, si la lectura es y debe ser cosa de uno solo, el cine en los mejores momentos de mi vida fue cosa de dos. Al final de cada jornada, cumplidas las tareas del día y compartida la cena, Pelo Cohete y yo veíamos juntos películas en el televisor, en el ordenador o en el soporte tecnológico que en cada caso tuviésemos a mano (por supuesto, ninguno teníamos esa ridícula superstición de que sólo se puede ver adecuadamente las películas en una sala llena de adolescentes jugando con los móviles y comiendo palomitas). Vimos cine o series juntos en nuestra casa de San Sebastián, en Madrid, en el apartamento mallorquín de San Telmo (recuerdo especialmente cómo disfrutamos con un portátil pequeñito en aquella mágica terraza, en la noche cálida y fragante de aromas marinos, repasando entre carcajadas las películas de Fantomas con Jean Marais y el desternillante Louis de Funès). Siempre fue una experiencia dichosa, porque el disfrute que cada uno sentía con la película se duplicaba con el que al unísono sentía el otro, nos jaleábamos mutuamente para gozar mejor los buenos momentos o para despellejar entre ambos los peores. Y fue en aquellas sesiones cinéfilas de nuestros primeros años juntos, cuando pasábamos unos días en Madrid, la ocasión en que Pelo Cohete estrenó unas pintorescas zapatillas que imitaban las enormes patas de un mono. Ocupábamos el largo sofá ante el televisor, yo de frente con los pies sobre un puf traído años atrás de Marruecos y ella tumbada de través, con las patas de mono en mi regazo. Yo se las pellizcaba, se las besaba a veces, ella las removía de un lado a otro como si fuera Queen Kong. ¡Ah, sé que no habrá tampoco paraíso para mí, porque no hay más allá y sobre todo porque ya lo ha habido! El Jardín de las Delicias nunca regresa, una vez perdido. El relajado goce de esos momentos era tan completo que con frecuencia me quedaba dormido, para indignación más o menos fingida de mi compañera: «¡Fernan! ¡Ya estás dormido! ¡¿Cómo que no, si te estoy oyendo roncar?!». Primero yo protestaba entre brumas que estaba muy despierto y atento a la película, cuyo argumento se prolongaba en mis sueños con caprichosos giros que a veces lo mejoraban. Luego, cuando me espabilaba un poco con los títulos de crédito finales, me excusaba antes de irme a la cama sin mucha convicción: «Ya veré el final mañana». Ella refunfuñaba tiernamente, me despedía con un beso y continuaba viendo dos o tres películas más. Era una espectadora incansable, aunque a veces a las cuatro o las cinco de la madrugada también cedía a la seducción del irresistible Morfeo. Cuando a esa hora me levantaba para una excursión al baño, oía muy bajito el parloteo de la tele y me la encontraba tumbada todo lo larga que era en el sofá, insuficientemente tapada con una manta que descubría por un extremo sus pelos revueltos y por el otro sus por fin rendidas patitas de mono.

Ahora sigo viendo una película cada noche, religiosamente, ya sin patitas de mono en mi regazo. Aunque a veces estoy cansado de la jornada, aunque con frecuencia estoy borracho más que a medias, nunca, nunca he vuelto a dormirme en esas sesiones de cine nocturno. He sido expulsado del paraíso.

Entre las mil cosas que nos unían *dur comme le fer* hubo algunas inconfesables y otras ingenuas, la mayoría ingenuamente inconfesables. La más explícita fue nuestra afición... qué digo afición, pasión, por lo fantástico y monstruoso. Desde muy pequeño, los cuentos y personajes de terror han sido la parcela de la imaginación donde he querido levantar mi casa. En *Mira por dónde* hablé de Orencio, aquel elocuente peluquero de cuyos labios aprendí en mi niñez los mitos canónicos (es decir, según la Universal) de los Cinco Grandes: Drácula, Frankenstein, el Hombre Lobo, la Momia y la Criatura de la Laguna Negra. Me sabía con las fórmulas exactas y recurrentes del caso cada una de sus leyendas y me escandalizaba que los adultos, con frivolidad inadmisible, ignorasen que las balas de plata eran efectivas contra el Hombre Lobo pero no contra Drácula, o que Frankenstein se reflejaba con total normalidad en los espejos, a diferencia del vampiro... Ellos fueron los angelitos que guardaron —¡y guardan!— las cuatro esquinitas de mi cama, con uno más de suplente. King Kong, el Cíclope y demás huestes de Ray Harryhausen, Alien, los tiranosaurios y los velocirraptores son amigos que llegaron algo más tarde. Si estaba impaciente por crecer no era para obtener licencia para ninguno de los supuestos placeres de la adolescencia (de los que en cualquier caso abusé en cuanto los tuve a mano), sino para poder ver en los cines las películas de terror que siempre estaban restringidas a los mayores de dieciséis años. Me consolaba viendo *Abbott y Costello contra los fantasmas*, en la que entre bromas y veras conocí personalmente a Bela Lugosi, Lon Chaney y Glenn Strange, un Frankenstein que no era Boris Karloff pero que en época de carestía podía valer como reemplazo.

Mi primer viaje al extranjero con mis padres fue a Ginebra (por supuesto, antes había ido muchas veces a Hendaya, Biarritz, Bayona, incluso Lourdes, pero eso no era el extranjero sino barrios periféricos de San Sebastián). Yo tendría once o doce años. En las librerías buscaba novelitas de Henri Vernes protagonizadas por Bob Morane, que me gustaban bastante a falta de nuevas aventuras de Tintín. Mientras paseábamos al azar por las calles más antiguas de la ciudad esperando que se hiciese la hora de ir a comer algo acompañado de muchas patatas fritas (pasando mil veces delante de la casa donde nació Juan Jacobo Rousseau o el gran actor Michel Simon, de quienes aún nada sabía, o de aquella otra en la que décadas después había de morir Borges), descubrí una tiendecita donde vendían juguetes. En el escaparate había unas cajas con dibujos multicolores en la tapa de mis monstruos favoritos: Drácula, Frankenstein, etcétera. Eran los kits de Aurora, unas construcciones para montar y luego colorear pequeñas maquetas con las figuras de esos personajes de la Universal en un discreto diorama. Por entonces un juguete sencillo y no muy caro (aunque creo que nunca llegó a España), pero hoy en día cotizadísimos por los coleccionistas de ese tipo de *memorabilia*. Yo no podía ni imaginar que en el ancho mundo existiesen al alcance de los afortunados semejantes maravillas; ¡viajar merecía realmente la pena! Rogué y supliqué a mis padres que me las comprasen, prometiendo que nunca más volvería a pedirles nada. Los libros y tebeos no contaban, porque en ese campo nunca me regateaban caprichos, pero los juguetes ya eran otra cosa: que tenía muchos, que no era mi cumpleaños... «Bueno, preguntamos cuánto valen y te llevas una.» ¡Una! ¡Sólo una! Desde luego el primer elegido debía ser el vampiro, pero ¡cómo renunciar a Frankenstein, a la Criatura del Lago, a...! Hubo un patético (por mi parte) forcejeo, ante la mirada suiza de la dependienta, de la que podría decirse que le daba lo mismo que me llevara una que cien. Con todo, nunca hubo mejores padres que los míos, cuya episódica severidad siempre desembocaba en cesiones al cariño, y finalmente logré llevarme tres figuras: Drácula y Frankenstein, por descontado, y creo que la tercera fue el Hombre Lobo, aunque quizá fue la Criatura... En fin, ya no me acuerdo. Mi madre, con su certero punto irónico, me comentó cuando salía feliz con mis cajas abrazadas al pecho: «Bueno, pero ¿quién va a hacerlas?». Esa misma pregunta me la estaba haciendo yo *imo pectore* desde bastante tiempo atrás. Todos sabían, empezando por mí, que nadie era más torpe para tareas manuales que yo. En eso, sesenta años después, en nada he mejorado. Pero mi abuelo Antonio, cómplice de todas mis ocurrencias, seguro que estaría dispuesto a ayudarme. Y como era pintor dominguero, sus cajas de acuarelas nos servirían para colorear las maquetas cuando estuviesen acabadas. Porque ya las veía acabadas y perfectas, en mi imaginación.

Entre mi abuelo y yo —mi aportación eran los nervios; la suya, la paciencia— hicimos las figuras, de cuya factura definitiva tengo una imagen sospechosamente gloriosa, que a buen seguro debe más a la fantasía que a la memoria. Anduvieron rodando años por las estanterías de mi cuarto, sufriendo mellas y mutilaciones por el maltrato del tiempo. Desaparecerían para siempre en alguna mudanza, quizá cuando me casé y abandoné la casa de mis padres. Desde luego ya no formaban parte de mi ajuar doméstico en el caserón de San Sebastián, cuando Pelo Cohete vino paulatinamente a vivir conmigo allí. Pero en su lugar tenía un Drácula de trapo, adquirido no sé dónde, y un Frankenstein hecho de piezas (no trozos de cadáveres, como el auténtico, sino de resina plastificada como aquellos míticos de Aurora pero algo mayor de tamaño) que montó y pintó mi hermano Juan Carlos. Esos dos personajes eran lo que más le atraía a ella de la entonces poco inspirada decoración de aquel domicilio que por esa época todavía era residencia de verano de la familia durante dos o tres meses al año. Luego, gracias a su fantasía transformadora, se convirtió en el espacio mágico de nuestros amores, un paraíso para dos que ahora es ya infierno de uno solo. Pero entonces aún faltaba mucho para que tanto lo *fair* como lo *foul*, por hablar como las brujas de *Macbeth*, se manifestasen entre esas viejas paredes que un día albergaron a la dinastía taurina de los Bienvenida cuando en el verano venían a participar en las ferias de Vitoria, San Sebastián y Bilbao.

Del entusiasmo entre infantil y casi religioso de Pelo Cohete por esos entrañables monstruos que formaban parte de mi santoral íntimo desde pequeño (y que por fin podía compartir con alguien sin que me tuviese por retrasado mental) guardo varias anécdotas, a cuál más preciosa, en el joyero de la memoria. La primera debió de suceder en Madrid, durante los primeros tiempos del asentamiento de nuestra relación. Como nunca he sido un gran entusiasta de la capital, no sabía adónde llevarla para que disfrutase. Después de haber visitado el Museo del Prado y El Corte Inglés, me quedé corto de iniciativas. Entonces recurrí al fondo infantil que compartíamos y la llevé al parque de atracciones, donde lo pasamos muy bien. Había una Casa del Terror o algo parecido, bastante pobrecilla (después creo que fue muy ampliada y modernizada) pero más que suficiente para esponjar la alegría de quienes ya la llevábamos bien ahincada dentro. Un estrecho pasillo de vueltas y revueltas para aprovechar mejor el exiguo espacio, iluminación muy escasa con luces temblonas, rojizas, lívidas, telarañas artificiales, muñecotes sanguinolentos con colmillos feroces de papel maché, grabaciones de gritos histéricos o risas fantasmales. Los mayores sustos de ese pequeño averno los garantizaban apariciones de carne y hueso con disfraces cadavéricos que hostigaban a los visitantes con sus aullidos y hasta escobazos indoloros. Íbamos en una fila aproximadamente india, que se contagiaba del risueño pánico con chillidos más divertidos que escalofriantes. Pero cuando aparecía el monstruo de servicio, todos fingíamos huir de él como era debido. En una revuelta del tenebroso caminillo se abrió chirriando una puerta y apareció con su característico paso a trompicones y los brazos extendidos para atraparnos la criatura de Frankenstein. Todos retrocedieron con miedosa algazara menos Pelo Cohete, que con el tono jubiloso de quien se reencuentra con un viejo amigo se fue hacia él para saludarle: «¡Hombre, Franky! ¡Hola, Franky!». Creo que su espontánea bienvenida logró asustar un poco al que debía asustarnos.

El encuentro decisivo tuvo lugar en Nueva York, durante el primer viaje que hicimos juntos a Estados Unidos. Yo, por aquel entonces, como la mayor parte de mi vida, tenía la obsesión de las librerías, de la que luego he mejorado bastante aunque tengo recaídas cuando voy a París. Llevaba anotada la dirección de Strand, al final de Broadway, como una de nuestras visitas obligadas en la Gran Manzana. Luego he vuelto tantas veces, ya sin buscar nada en sus destartaladas estanterías (donde cierta vez encontré un libro mío entre uno de Santayana y otro de Sartre) o, mejor dicho, buscándome a mí mismo ilusionado aquella primera vez cuando fui acompañado por mi amor, envuelto en ella... Bajamos caminando la calle famosa que atraviesa todo Manhattan disfrutando cada paso y cada segundo como sólo se disfruta una vez en la vida. Luego pasamos un largo rato en la librería, mirando y remirando volúmenes viejos o seminuevos que ya he olvidado. ¡Qué pesado he sido con los libros, por Dios bendito! ¡Cuánto tiempo dedicado a hurgar entre ellos como si fuera a encontrar allí la redención de lo inevitable, la absolución que no merezco! Por fin salimos con una bolsa bien cargada y comenzamos a dar una vuelta por los alrededores en busca de un sándwich de pastrami que premiase nuestra culta mañana. En la ronda que hicimos le señalé un escaparate y allí fue la epifanía. La tienda era Forbidden Planet (título también de una de nuestras pelis favoritas) y el escaparate estaba lleno de maquetas de monstruos para construir, cómics fantásticos, películas del género y *gadgets* en la misma línea. Pelo Cohete quedó como hechizada por el emporio que se le ofrecía; cuando un rato antes habíamos pasado por Tiffany's, sólo se detuvo en la vitrina cinco minutos y creo que más en homenaje a Audrey Hepburn que otra cosa. Pero de allí no se movía, ni siquiera se decidía a entrar en la tienda. Intenté tomarla del brazo para que pasáramos adentro y se sacudió casi con violencia: «¡No, déjame! ¡Tú no sabes lo que es esto para mí!». Siguió un rato extasiada, señalándome a través del cristal esto y aquello que veía a su alcance, como si tuviera miedo de que al pasar la puerta de la tienda todas las mercancías maravillosas se desvanecieran según suele ocurrir en algunos cuentos orientales o en los sueños. Por fin entramos y la realidad no desmereció —o sólo un poco— de la ilusión proyectada sobre ella. Ya sabemos que todo lo que hay en el mundo es poco y visto de cerca, menos, pero en esa ocasión resultó suficiente. Estuvimos largo rato en el mágico emporio, dando vueltas arriba y abajo, abriendo cajas, preguntando precios, sobándolo todo. Los dependientes nos soportaron amablemente, a pesar de que eran muy jóvenes, con aire friki; parecían también clientes más que vendedores y nos atendían con un lánguido entusiasmo que competía con la vivacidad del nuestro. Sobre todo con el de ella, porque yo, aunque también me gustaban muchas cosas, me cansé antes. Tenía hambre, pero me lo callé; la probabilidad del pastrami del *lunch* se había desvanecido ya y no quería que una bronca como castigo de mi impaciencia me dejase también sin cenar. Salimos cargados con bolsas, más que pesadas, voluminosas y difíciles de gestionar, que se unieron a la que ya llevábamos, y naturalmente merecí reproches: «Si no te hubieras empeñado en comprar tanto libro...». Pero yo estaba feliz de verla feliz y no pensaba consentir que unos pocos bártulos me amargasen la jornada.

Esa visita a Forbidden Planet fue el comienzo de la dedicación de Pelo Cohete a fabricar y comprar muñecos fantásticos para decorar la casa. A diferencia de mi falta de maña, ella tenía mucha habilidad para ensamblar piezas y luego pintarlas convincentemente. Padecía impaciencia crónica para casi todo menos para eso. Otros personajes llegaban ya completos, con sus capas, colmillos y probetas venenosas, directos a ocupar su puesto en el rincón estratégico que les correspondía. Cada vez que veíamos una nueva película de nuestro género favorito esperábamos con ansiedad la aparición de su *merchandising* para enriquecer nuestra colección. Yo descubrí en Londres otro local de la franquicia de Forbidden Planet y desde ese momento todos mis viajes a la capital británica por razones hípicas comenzaban por una visita a la tienda, urgida desde España por llamadas telefónicas de mi chica para azuzarme a comprar novedades. Nuestro criterio era de lo más amplio: iba desde las pequeñas figuritas de plástico de la serie *Star Wars* hasta maquetas de resina de mayor porte, con su diorama incorporado, por no hablar de muñecotes de Tintín y Milú de papel maché casi de tamaño natural. De Boris Karloff, nuestro santo protector, conseguimos representaciones de casi todos los principales papeles que hizo en la pantalla e incluso un par de bustos de actor en falso alabastro negro. Pelo Cohete se suscribió a varias revistas de ese tipo de arte menor e incluso mantenía correspondencia con aficionados americanos que le vendían piezas exclusivas que no estaban en el mercado. Algunos amigos nos obsequiaron con sus propias criaturas: tenemos un Evilio regalado por Santiago Segura y un Hellboy aportado por Guillermo del Toro. Cuando escribo esta página conmemorativa, tantos años después, estoy leyendo una novela gráfica (vamos, un tebeo gigante) de Emil Ferris titulada *Lo que más me gusta son los monstruos*, protagonizada por una niña que parece un *alter ego* de mi chica maravillosa. Entre los varios proyectos de colaboración que teníamos y que su muerte desbarató, junto a otras cosas más valiosas, estaban un par de libros. Uno al que ella daba especial importancia, aunque a mí me apetecía menos, era una serie de conversaciones entre ambos en las que yo hablaría sobre lo que de verdad me interesa («en las entrevistas nunca te preguntan sobre lo realmente importante porque sólo te conocen de oídas»). El otro, por el que yo tenía tanta ilusión como ella misma, iba a estar compuesto de fotografías de los muñecos fantásticos que atiborraban nuestras casas de Donosti y Madrid y que constituían nuestra auténtica familia compartida (los situaríamos en dioramas hechos por Juan Carlos, mi hermano pintor, y la fotógrafa sería Pelo Cohete), acompañados de breves textos míos, poéticos o humorísticos. Se titularía (se titula para mí, porque llevo ese libro clavado dentro como si lo hubiéramos hecho) *El cielo de los monstruos* y su epígrafe serían estos versos del excéntrico poeta colombiano Porfirio Barba Jacob que tanto nos gustaban:

> *Dame, ¡oh Noche!, tus alas de Misterio*
> *para volar al cielo de los Monstruos...*

Por cierto que el afán de conocer nuevas tiendas especializadas en esos temas nos propició una aventura curiosa que pudo tener mal final. Fuimos otra vez a Nueva York y ella llevaba como uno de los principales objetivos del viaje la visita predadora a una tiendecita muy recomendada en una de sus revistas, de la que se decía que incluso había recibido en ocasiones a la mismísima Madonna. Aunque no era muy fiable como guía, porque tenía el tópico mal sentido de orientación femenino (incluso peor que el mío, que no es decir poco), en esa ocasión y visto su apasionado interés, la dejé tomar la cabeza de la expedición. El taxista que nos recogió se mostró muy reticente con la dirección que ella le daba, incluso se la hizo repetir varias veces. Luego gruñó algo sobre que después no nos iba a ser fácil regresar desde allí. Yo comenté en broma que se parecía a esos cocheros a los que en las películas de vampiros piden los incautos que los lleven al castillo de Drácula. Empezamos a circular por Manhattan y el viaje se me iba haciendo inusualmente largo. Desaparecieron del paisaje los grandes rascacielos y las tiendas de lujo; sobre todo, desapareció la raza blanca. En tono más bien festivo, pero con un puntito de inquietud, comenté que me parecía que nos adentrábamos en Harlem. Ella no me hizo ni caso, enfrascada en la consulta del prometedor catálogo que ofrecía su revista. Hicimos alto en un semáforo y se acabaron mis dudas: estábamos en la intersección de la calle Martin Luther King con la calle Malcolm X. «Bueno, ¿y qué?», resopló Pelo Cohete, harta de mis temores burgueses. Pues si la tienda estaba en Harlem, tampoco era para echarse a temblar. Acostumbrado como estaba a hacerle caso, me callé que no me parecía el tipo de comercio probable en ese vecindario.

Aunque no estábamos todavía en la dirección exacta que tenía anotada Pelo Cohete, el taxista decidió dar por irrevocablemente concluido el viaje. Cuando con timidez le pregunté si podía esperarnos un poco, resopló con desdén: no pensaba esperarnos y no creía que fuera a sernos fácil encontrar otro taxi que nos recogiera allí. Abandonamos el vehículo, yo con bastante inquietud y ella fresca como una lechuga. «Tendremos que preguntar», fue su único comentario. A pocos metros estaban un par de negros gordos y viejos, sentados en unas sillas de enea a la puerta de su casa (supongo que sería su casa), tomando el fresco y mirándonos con pacífica ironía. Pelo Cohete se fue hacia ellos con su aire desenvuelto y espontáneo, como si fueran sus vecinos de toda la vida. Debo aclarar que le encantaban los negros (su madre los valoraba mucho como amantes) y hasta sostenía que su piel tan morena, que tomaba un tono de miel oscura en cuanto le daba el sol, se debía a que tenía algo de sangre africana. De modo que les preguntó con su simpático inglés —mucho mejor que el mío, casi inexistente— si por allí había una tienda que vendiese cómics, *merchandising* de películas y similares. Añadió como referencia que Madonna solía visitarla. Los dos veteranos cruzaron una mirada cómplice y el que parecía de más edad respondió con la mayor seriedad que había vivido allí toda su vida y nunca había visto a Madonna en el barrio. Pero quizá en aquella manzana... Seguimos caminando unos metros y de pronto nos vimos en mitad de una escena de película. Aparecieron dos jóvenes corriendo y detrás, haciendo sonar la sirena y chirriando los neumáticos al tomar la curva, un coche de la policía. Un agente voluminoso descendió de él cuando aún estaba en marcha y, pistola en mano, hizo varios disparos... espero que al aire. ¿Hace falta aclarar que los jóvenes eran negros y el policía blanco? Uno de los chicos desapareció a la carrera, mientras el otro se detenía con las manos en alto y luego, obedeciendo las órdenes que le ladraba el corpulento agente, las puso sobre el capó del vehículo policial y abrió las piernas. Tengo la impresión de que todos habíamos visto las mismas series televisivas. Yo me encontré, sin saber cómo había llegado allí, con la espalda pegada a la pared del edificio que hacía esquina. No levanté las manos, pero casi. Cerca de mí y mucho más suelta de cuerpo estaba la impaciente Pelo Cohete, que no parecía demasiado asustada por todo aquel drama; sólo molesta porque retrasaba nuestra búsqueda. Por un espantoso momento creí que iba a preguntarle al poli o a su prisionero si alguno de ellos sabía dónde estaba la dichosa tienda frecuentada por Madonna.

Estén tranquilos, todo acabó bien, como ustedes ya supondrán. Los agentes se llevaron al joven fugitivo sobre cuyas faltas sólo podemos hacer suposiciones (no puedo poner la mano en el fuego por su inocencia, pero durante unos momentos me identifiqué tanto con él que deseo de todo corazón que saliera absuelto y viviera lo suficiente en aquel ambiente hostil para votar por Obama años después). Nosotros no encontramos la dirección de marras porque no estaba en Harlem. Pelo Cohete se había equivocado al leer el mapa (es la única cosa que yo hacía mucho mejor que ella) y la tienda estaba en Greenwich Village, lo que encajaba social y culturalmente con más propiedad. Tuvimos que andar cosa de una hora muertos de risa a través de un barrio que ya no nos parecía tan peligroso hasta encontrar un taxi hospitalario que nos llevó por fin al destino anhelado. Con Madonna o sin Madonna, la tienda no era gran cosa, pero compramos varias chucherías, entre ellas una chapa metálica publicitaria de la atracción «Jaws» en los Estudios Universal, en la que un inmenso tiburón de tamaño megalodóntico amenaza con sus fauces abiertas una pequeña embarcación llena de turistas. La tengo ahora mismo frente a mis ojos cuando escribo estas líneas, en la librería de mi cuarto, enfermo de nostalgia por la peripecia que nos llevó hasta ella y todo lo que he perdido después.

También fue en Estados Unidos, pero esta vez en la costa oeste, donde Pelo Cohete encontró el parangón del coleccionismo que ella practicaba (aunque no por afán realmente coleccionista, sino más bien por amor a objetos de los que se encaprichaba en mayor o menor grado, hasta el punto de no poder soportar la idea de que existiesen lejos de su tutela). Estábamos en Los Ángeles, adonde fuimos acompañando a José Luis Garci para participar en el homenaje con que iba a celebrarse el aniversario de su Óscar. Para mi Pelo Cohete era como haber sido invitada a Camelot en los mejores tiempos de la Tabla Redonda. Estuvimos en Disneylandia, en los Estudios Universal (los que produjeron la mayoría de nuestras películas favoritas) y nos paseamos por el *Walk of Fame* de Hollywood, donde le hice una fotografía junto a la estrella de Greta Garbo (con una máquina desechable de un dólar) que debe de ser mi cénit en ese arte para el que siempre fui obstinadamente negado. Una guía de rincones pintorescos nos informó de que podía visitarse la casa museo del mítico Forrest J (sin punto tras la jota, no le gustaba) Ackerman, director de las revistas *Famous Monsters of Filmland*, *Monsterworld* y *Spacemen*, autor de cuentos y antologías del tema fantástico, actor ocasional (es uno de los muertos vivientes de la película original), amigo de todos los grandes cinematográficos del género, erudito insuperable y poseedor de una inmensa colección de obras de ciencia ficción, cómics y recuerdos preciosos de clásicos cuyo solo nombre hace palpitar más rápido el corazón de los aficionados. Su casa era una villa en un alto con una inmejorable vista sobre «Karloffornia», según su nomenclatura. Tal como aconsejaba la guía, habíamos avisado de nuestra visita, diciendo que veníamos de España y que llegaríamos a tal hora. Cuando estuvimos ante la verja que rodeaba el pequeño jardín nos sentimos un poco intimidados. Pelo Cohete llamó al interfono y al ser atendida empezó a explicar que éramos los españoles que poco antes... y de pronto una voz fingidamente tenebrosa y guasona comenzó a declamar el principio de la famosa canción: «Lady of Spain...». Y así entramos en el palacio encantado. Ackerman era un magnífico anfitrión, teatral y acogedor. Él mismo se consideraba, a justo título, una pieza más de su museo y se fotografiaba con sus invitados, mostrando con pícara sonrisa sus manos gordezuelas, en una de las cuales llevaba el auténtico anillo que exhibió Bela Lugosi en *Drácula* y en la otra el de Boris Karloff cuando oficiaba de momia, ambos de envergadura respetable. Tendría por entonces ya más de ochenta años (murió a los noventa y dos) y se movía con cierta dificultad, suplida en parte por su cordial entusiasmo. En cuanto a su colección, qué decir salvo que era inagotable como la cueva de Alí Babá. Colecciones completas y originales de todos los cómics legendarios, empezando por *Shazam!*, mi preferido (en español se llamó *Capitán Marvel*, lo leí con nueve o diez años), primeras ediciones de las obras maestras de la ciencia ficción en las revistas en que aparecieron originalmente, carteles cinematográficos sencillamente asombrosos o, por decirlo con su voz adecuada, *astounding*, de películas inolvidables y ya sólo recordadas por los fanáticos del género, piezas únicas utilizadas en ellas (máscaras de marcianos, capas de vampiros, ataúdes aún en buen uso, maquetas del King Kong de Willis O'Brien, autógrafos de todos los santos infernales de nuestra devoción...). Pronto renunciamos a un examen exhaustivo de tantas maravillas y nos limitamos a pasear entre las agobiadas estanterías, llamándonos de vez en cuando el uno al otro cuando tropezábamos con algo que era imposible pasar por alto sin compartirlo con quien también podía apreciarlo. Y lo que hacía más adorable aquel ingenuo emporio era su fragilidad: una colilla mal apagada o un cortocircuito podían aniquilarlo todo en minutos. Ackerman nos dijo que nadie había querido asegurar su colección, preciosa y vulnerable. Por lo que sé, antes de morir regaló (o vendió, después de todo era americano) gran parte de sus tesoros al Museo del Cine de Berlín, donde aún deben de estar. Yo sólo conservo una foto de Pelo Cohete junto a un retrato de Boris Karloff en su avatar de la Criatura de Frankenstein, tomada con nuestra inapreciable cámara desechable en uno de los rincones de aquel laberinto mágico. Ahí está ahora, sobre la mesa en que escribo, y aún queda algo de la alegría ya inalcanzable de aquella visita encerrada en ella.

La gran ilusión de Pelo Cohete era dedicarse al cine: como realizadora, como guionista, como profesora de teoría cinematográfica..., como fuese. Y con mejor suerte hubiera podido ser cualquiera de esas cosas o todas ellas, porque además de muchos conocimientos atesorados en horas frente a la pantalla, tenía una intuición certera de lo que en ese campo era válido o descartable. Cuando dio clases de estética en Zorroaga (su docencia era en euskera, de modo que imagínense lo exquisito de su alumnado), introdujo en ella la proyección y el comentario de películas. Entonces resultaba una atrevida novedad y bastantes colegas, de lo más casposo del gremio, que era lo que más abundaba, protestaron porque aquello era perder el tiempo. Hoy se ha convertido en una práctica habitual y el cine es tan frecuente en las aulas como ayer las diapositivas. También se incorporó al patronato de cultura municipal en un grupo dedicado a programar ciclos cinematográficos y luego a sacar una revista. Uno de sus compañeros allí fue José Luis Rebordinos, que más tarde llegó a dirigir el Festival de Cine de San Sebastián. A Rebordinos yo le había conocido años atrás, cuando animaba un cinefórum en Rentería. Nuestro encuentro fue así: por vía de mi amigo Fernando Mikelajáuregui —con quien, además de la afición al cine y a la música clásica, compartía una pasión mayor: las carreras de caballos— se me hizo la oferta de presentar y después dirigir el coloquio en Rentería de *Fort Apache*, de John Ford. Acepté encantado y así me encontré por primera vez con el joven Rebordinos, simpático y emprendedor. Después de la sesión, en que noté que mi entusiasmo por la película no era demasiado compartido en la sala, le comenté a José Luis cómo se les había ocurrido contactarme para la ocasión. Con algunos rodeos me reconoció que habían recurrido a mí a falta de cosa mejor, porque nadie quería hacerse cargo de una película de Ford que, claro, era *fascista*. En aquellos tiempos vivíamos... y quizá aún viven algunos. De modo que en el grupo del patronato municipal Pelo Cohete debía de ser un bicho raro. Aunque desde luego se hizo valer; yo creo que con sus conocimientos y su personalidad expresiva intimidaba un poco a los demás.

La revista que comenzaron a publicar, y que fue durante unos pocos años la mejor en su género de España, se llamó *Nosferatu*. No hace falta subrayar a quién se debía ese nombre. Allí publicaron los más selectos, empezando por Guillermo Cabrera Infante, que adoraba a Pelo Cohete (y ella a él). Tenía mucha maña para las entrevistas, hizo varias buenas y una memorable a Narciso Ibáñez Serrador. También fue Pelo Cohete la inspiradora de la Semana de Cine Fantástico y de Terror, que se viene celebrando a finales de octubre en Donosti desde hará pronto treinta años. El resto de los miembros del grupo *Nosferatu* no eran demasiado aficionados al género. A José Luis Rebordinos lo que le gustaba mucho entonces era el cine porno. Por su culpa tuve entonces una civilizada polémica con el teniente de alcalde Gregorio Ordóñez, años después vilmente asesinado por ETA. El grupo preparó un ciclo de cine porno, entre los muchos que solía hacer. Nos pasamos un par de semanas en casa ella y yo viendo películas infumables para hacer la selección de títulos; los dos las aborrecíamos no ya por malas sino por tediosas, pero Pelo Cohete se quedaba estoicamente hasta las tantas digiriendo nalgas y vergas, mientras yo me iba a la cama con mi novelita de turno. Cuando se anunció el ciclo, Gregorio Ordóñez protestó en el ayuntamiento (*c'est le cas de le dire!*) porque se malgastara dinero público en semejante inmoralidad. Yo le respondí irónicamente en el *Diario Vasco* y la cosa no fue a más y siguió adelante sin tropiezos. Años después lamenté que ésa fuera mi única relación personal con Goyo, un político conservador popularísimo en Donosti, que sin duda hubiera llegado a alcalde. Por eso le mataron, nunca se crean lo de la «violencia ciega».

La Semana de Cine Fantástico era el momento más feliz del año para Pelo Cohete. Por allí pasaron Santiago Segura y Álex de la Iglesia, Peter Jackson y Guillermo del Toro, Robert Englund y hasta Ray Harryhausen, Juanma Bajo Ulloa, algunos ya consagrados y otros todavía desconocidos pero muy célebres después. Bastantes de ellos estuvieron en casa y apreciaron los modestos prodigios de la decoración *ad hoc* que había conseguido Pelo Cohete, aunque entonces todavía estaba en sus comienzos. Siempre he lamentado que entre esos invitados VIP a nuestro museo casero no estuviese el incomparable Ray Harryhausen. Creo que hubiera disfrutado porque el ochenta por ciento de nuestra colección es un homenaje a su obra y a sus criaturas. Pero a Pelo Cohete le entró el pudor: «¿Qué va a pensar el maestro de nosotros?». Y perdió la ocasión porque Harryhausen murió no mucho después de su estancia en Donosti. Siempre recordamos las maravillosas palabras que Guillermo del Toro le dedicó en una entrevista: «La verdad es que hay que ser muy mala persona para que no le gusten a uno las películas de Harryhausen». ¡Amén! Más tarde comenzaron nuestros problemas peores con los etarras y sus servicios auxiliares, de los que hablaré más adelante. A Pelo Cohete intentaron atacarla un par de veces en la calle, tuvo que llevar escolta y perdió facilidad de movimientos para asistir a las reuniones del patronato de cultura, así como luego a las sesiones de la semana. Le dio la impresión de que se había convertido en un elemento discordante y hasta molesto en el grupo, formado por personas mucho más acomodaticias que ella a los tiempos difíciles que vivíamos. Tenía un carácter fuerte, nada diplomático y era muy orgullosa; se sintió rechazada y se fue alejando y cediendo su lugar en algo que prácticamente ella había creado o al menos ayudado decisivamente a crear. Eso la hizo sufrir mucho y yo no supe ayudarla como habría debido. Perder *su* Semana de Terror fue uno de sus mayores disgustos. Ya hacía bastantes años que estaba desvinculada de ella cuando, con motivo del vigésimo quinto aniversario del evento, la llamaron para que acudiese a la celebración. Recibimos la llamada en Baltimore, donde acababa de ser operada por primera vez del tumor cerebral que la mató. Contestó sin contemplaciones, pero se quedó muy amargada. Cuando se habla de las víctimas del terrorismo suelen olvidarse estas otras formas de atentados que destrozaron vidas no menos que las bombas.

Entre tantos beneficios como nos ha traído internet, uno de los pocos males reseñables es la evanescencia de la correspondencia, la pérdida de su dimensión física.

Los correos por la red desaparecen enseguida, borrados en beneficio de los siguientes (salvo que seamos chantajistas o historiadores) y no dejan el rastro de cuartillas dobladas nerviosamente, sobres con matasellos casi ilegibles y sellos de lejanos países, caligrafía reveladora de nuestra personalidad, palabras con la tinta corrida por la humedad de una lágrima o por un goterón de vino... Los amantes del género epistolar, que ha producido exquisiteces literarias firmadas por Madame du Deffand, Flaubert, Nietzsche, Virginia Woolf, Ramón Gaya, etcétera, hoy no lo tienen fácil. Se escriben más misivas que nunca pero aceptadamente efímeras. Para preparar mejor estas memorias de amor con Pelo Cohete o sencillamente para guardar más reliquias de ella, todas preciosas para mí, busqué las cartas que intercambiamos en los primeros tiempos de nuestra relación. Lamentablemente, soy de los que no conservan nada, ni bueno ni malo. Siempre he vivido al día, sobre todo cuando era más joven. Nunca he recortado una reseña de cualquiera de mis libros y no tengo apenas cartas de mis corresponsales más queridos, salvo varias de Cioran y una muy especial de Octavio Paz. Para mi mayor bochorno, apenas conservo misivas de ninguno de mis amoríos ni tampoco de mi único amor. Ahora daría lo que fuese por haber conservado alguno de aquellos poemas de Jacques Prévert que ella me mandaba al principio, copiados con su letra ingenua y rebelde.

Por suerte, ella era mucho más cuidadosa que yo. Entre las cosas que dejó encontré una caja de madera sin adornos de ningún tipo (lo que era raro, porque le encantaban las cajas bonitas, lacadas o metálicas, con dibujos, desde las más pequeñitas como bomboneras hasta las que podían albergar dos o más zapatos) llena de papeles, cartas, recortes, algunas fotos, cromos, postales... Había muchas cartas mías con sus sobres, creo que la mayor parte de las que le envié a lo largo de los años previos a la llegada de internet. Suelen estar dirigidas al piso de la calle San Francisco, en Gros, que compartía con sus amigas. También tarjetas y cuartillas con esbozos reiterados de las que ella me mandó a mí y, ay, no conservé. Me tienta reproducir algunas, que quizá ayuden a conocer mejor los comienzos de nuestra relación (porque esa relación, ese amor, es el único tema de este libro; el resto es silencio). Entre los papeles de esa caja, copiado con mi letra, está el precioso poema que Fernando Pessoa dedicó a las cartas de amor y que puede servir como advertencia al lector de lo que sigue:

> *Todas las cartas de amor son*
> *ridículas.*
> *No serían cartas de amor si no fueran*
> *ridículas.*
> *También yo escribí, a mi tiempo, cartas de amor,*
> *como las otras,*
> *ridículas.*
> *Las cartas de amor, si hay amor,*
> *tienen que ser*
> *ridículas.*

Pero al final,
sólo las criaturas que nunca escribieron
cartas de amor
son quienes fueron ridículas.
[...]
La verdad es que hoy
son mis memorias
de esas cartas de amor
las que son
ridículas.

Quién sabe por qué guardó ese poema Pelo Cohete, a quien gustaba mucho Pessoa; quizá a modo de advertencia. La mayoría de las cartas que le escribí son de los meses de verano, especialmente junio y julio, que es cuando nos separábamos anualmente (después, en agosto, volvía a Donosti para verla a ella... y las carreras de caballos en Lasarte). Yo pasaba varias semanas en Torrelodones, con mis hermanos y mi madre, con mi hijo, que entonces tenía ocho o nueve años, y con mis sobrinos, aún más pequeños. Ahora a veces lamento cuánto tiempo perdí lejos de ella, pero reconozco también que disfrutaba cada minuto pasado junto a mi familia. Los que venimos de la dicha más improbable e infrecuente, la dicha *familiar* (por supuesto, nunca carente de una angustia casi inexpresable, precisamente por nacer de la dicha), somos los únicos verdaderos aristócratas, siempre deudores del pasado, siempre irrecuperables para los goces de la vida entre los otros no parientes, es decir, plebeyos aunque fuesen de familia real, siempre escépticos ante las promesas del futuro en el cual no estarán ya los que de veras hemos querido, los que nos *correspondían*. Pelo Cohete solía reprocharme que para mí, a fin de cuentas, sólo contaban los Savater, el amparo y la masonería familiar. Fue cierto hasta que me enamoré de ella y también luego, para ser sinceros, a modo de la nostalgia sorda de una armonía humana inexplicable de cuyo alejamiento nunca me repuse por completo. En fin, desde nuestro chalet familiar de Torrelodones, un mes de julio a comienzos de los ochenta, le escribía cosas como éstas:

Acabo de darme un baño en la piscina y de estar un rato al sol para ponerme moreno y no avergonzarme a tu lado cuando te vea en agosto. De todos modos, ya sabes que avergonzarme a tu lado es uno de mis deportes favoritos... Mientras escribo, la gata y sus cuatro gatitos (nacidos hace tres meses) juegan a una intrincada versión del escondite inglés entre mis piernas. Mi sobrino Guillermo (once meses) persigue al gatito blanco con lo que Schopenhauer llamaría intenciones netamente homicidas. Por lo demás, leo a Santayana y a Isak Dinesen, escribo para una radio alemana mis «Instrucciones para olvidar el Quijote» y fumo unos excelentes habanos Rafael González que me he traído de Ginebra. Después de catorce años de docencia y otros tantos libros escritos, nuestras autoridades han decidido generosamente considerarme idóneo para esto de la Academia. ¡Qué ilusión! Hay mucho interés en que el año que viene ofrezca algo en Zorroaga (¿te acuerdas de ese delicioso balneario?) a Saizarbitoria y Atxaga: ¿habrá forma de que hable yo con ellos en agosto? Mañana me voy a Madrid para ver El hombre que sabía demasiado *y esta noche ponen* The Servant *de Losey en la tele, de modo que soy casi completamente feliz. Quizá eche alguna cosilla de menos, sin embargo... pero de eso ya hablaremos en agosto, cuando vaya por Donosti.*

Este tono ligero es el más soportable de mis cartas, informativas de pequeñeces (que es de lo que está hecha la vida verdadera) y con su habitual punto de humor. Otras veces, siento decirlo, me da por ponerme dramático y hablarle de que ya no podía amar porque tenía el corazón destrozado (eso sí, prudentemente siempre le aclaraba que, de los diversos pedazos de la víscera cordial, guardaba el mayor para ella), de cuánto la haría sufrir cuando me tocase alejarme porque mi destino era irme (siempre me estaba yendo), de que haría bien en buscarse otro novio en mejor estado anímico y con menos tendencias fugitivas, etcétera. Todas esas impresentables macanas sólo intentaban maquillar mi pánico a comprometerme de verdad, mi afán de nadar y guardar la ropa, es decir, tenerla a ella pero con el billete de vuelta siempre abierto por si me apetecía regresar a cualquiera de los platos a medio comer que había dejado atrás. Pelo Cohete me seguía la corriente «romanticoide» con su mejor voluntad, aunque creo que afortunadamente me tomaba menos en serio de lo que me tomaba yo. Así me escribe, por ejemplo: «Ilusión de mis días, deseo de mis noches, ¿tendré la suerte de que tu pensamiento vuele hacia mí? Me cuesta soportar esta ausencia y maldigo las venideras. Sin ti soy fuerza que fue, que gime en mí y espera pacientemente tu regreso. Todos los días sueño y me llamo a engaño, me digo que no es importante que estés o seas ausencia. ¿Qué no puedo hacer tanto si estás como si no? ¿Por qué ha de ser él quien calme mi sed? Sin embargo, mi resistencia se cuenta en segundos, no soy fuerte y me he formado débil para ella. Vivo entre el miedo y la esperanza...». No se fíen del tono, contagiado de mis peores momentos; ella supo antes que yo mismo que era suyo, pero tuvo la cortesía de darme a suponer que mis idas y venidas la hacían padecer agonías amorosas. Véase este otro borrador de una carta que quizá nunca llegó a mandarme, donde apunta un cierto y dulce retintín irónico: «Si mi destino fuese quererte, mal que me haces bien, ¿por qué empeñarse en evitarlo? Si me dijeras que tu cuerpo no será nunca más mi pérdida, ¿de qué serviría si yo no puedo encontrarme? El hombre puede mucho, lo puede todo, si intentaras oponerte al destino, no podría reprochártelo. Sin embargo, sin mis besos, ¿no estarían tus labios algo desnudos? Esas hermosas manos que posees, ¿no se encontrarían algún día jugando sobre ellas mismas?». En fin, recuerden la opinión poética de Pessoa antes citada sobre las cartas de amor: las nuestras, sobre todo las mías, parecen diseñadas para darle la razón.

En aquellos veranos de los ochenta y comienzos de los noventa pasaba siempre varias semanas en la Universidad de Middlebury, en Vermont, dando clases de cultura española a hispanos que querían saber más de la retóricamente denominada «Madre Patria» y sospecho que a no muy disimulados agentes de la CIA que se preparaban para trabajar en países iberoamericanos. Guardo muy buenos recuerdos de Middlebury, ya lo he contado en otros lugares. Pero también he encontrado bastantes cartas (creo que casi todas) conservadas por Pelo Cohete de las que le escribí desde allí. Recuerdo mis peregrinaciones casi diarias a la pequeña oficina de correos en la High Street del pueblo para asegurarme de que mi correspondencia viajaba con todas las garantías postales requeridas. Por suerte, el tono de esas misivas omitía los lamentos y prefería bromas o anécdotas. Copio un par de ellas como botón de muestra:

Siempre he pensado que en el jardín del Edén todo el mundo debía ser medio idiota aunque, eso sí, sumamente feliz. He tenido ocasión de comprobarlo aquí. Todo es verde, jugoso y fresco, los conejos y las ardillas pasean libremente por las calles, no se oye ni una bocina, la temperatura es deliciosa y la gente sonríe, amistosa y vegetariana. Nadie fuma, nadie bebe, y nadie practica el sexo de forma indebida o evidente. Esto es una grande y feliz familia. Vamos, que estoy deseando volver. De vez en cuando me preguntan con amable interés por el País Vasco y toman nota de mis respuestas en un cuadernito, con aplicación. Luego hacen barbacoas, representaciones teatrales y cantan canciones country. Ayer vieron Tristana en el cine del College, pero no les gustó: demasiado depresiva, me han dicho. Una niña morenita me ha preguntado esta mañana por qué en la literatura española aparece tanto la muerte. Le he respondido que porque la gente suele morirse, en efecto, de vez en cuando. Ella ha apuntado la respuesta en su cuadernito, moviendo la cabecita con preocupación. Mi vida es regular, como siempre. Me levanto temprano, preparo las clases, leo a Emerson y a Mark Twain, practico mi pobre inglés. Me acuerdo a veces de seres lejanos y queridos, que tienen paciencia con mis debilidades, cuyo afecto generoso no merezco. Me siento entonces melancólico, solitario y agradecido.

Amor mío, aunque te escribo el día de la Independencia no siento realmente ningún deseo de independizarme sino todo lo contrario: nunca he sido más felizmente dependiente que ahora. De hecho, todo lo que me rodea y lo que manejo te me recuerda: escribo con el rotulador que compramos juntos en París y cada vez que lo uso me abruman ráfagas de aire soplado desde Longchamp y se me llena la boca de confit de canard y pavé avec frites... ¡Lo he pasado siempre tan bien contigo! Cuando llegué aquí, mi primer disgusto fue que había olvidado tu foto, esa tan feroz y seriota —tan querida— que tuve conmigo el año pasado. Cuando me di cuenta, me pasé un rato llorando como un bobo... Ayer vi La ciudad y los perros, sobre la novela de Vargas Llosa. Es una película honrada, que no está nada mal y que se sigue con interés constante. Creo que es la primera película peruana que veo en mi vida... Mientras te escribo, suenan las campanas festivas del College por el 4 de julio y alguien toca con dulce lamento a lo lejos una gaita escocesa...

Encuentro también en esta caja donde ella guardaba mis recuerdos cartas enviadas desde México, mi patria de adopción, adonde iba todos los años para vi-

sitar a mi amigo Héctor Subirats y disfrutar de los gozos sensoriales e intelectuales de una tierra que tanto
he querido y donde tanto me han querido. Encuentro
una larga carta de noviembre del 85 que merece ser
colocada en su contexto. Yo estaba ese año invitado a
unas charlas en la UNAM que debían tener lugar en
septiembre, pero el curso se pospuso por problemas
presupuestarios de los que ocurren en todas las universidades del mundo. Puedo decir sin exageración ni
truculencia que le debo la vida a ese aplazamiento. Un
par de días después de la fecha en la que yo debía haber
llegado al D.F. (y ya tenía las maletas hechas y la reser-
va aérea a punto de confirmar) se produjo el gran terremoto que causó miles de víctimas y destruyó buena
parte de la capital. El hotel en el que debía alojarme y
que ya había ocupado otras veces porque estaba cerca
de la casa de Héctor se llamaba, premonitoriamente,
Finisterre. El seísmo lo derrumbó por completo y allí
perecieron casi todos sus huéspedes. Dada la hora del
desastre, entre las seis y las siete de la mañana, no es
aventurado suponer que incluso alguien de las costumbres poco morigeradas que yo tenía entonces habría estado ya en la cama, por lo que mi destino era
fácil de prever... retrospectivamente. Al final cumplí
mi compromiso con la UNAM en noviembre y pude
deambular luego por la gran ciudad aplastada por el
terremoto, como cuento en la carta. Lo que omito es
que ese espectáculo me emocionó hasta las lágrimas
(admito que salen muchas lágrimas en estas memo-

rias, pero tengo el llanto fácil y, lo que es peor, siempre emocionalmente sincero). No sé si fue por las circunstancias telúricas, pero el caso es que la última parte de esta carta reincide en el fastidioso tono hipocritón del «no te merezco», «búscate algo mejor», etcétera, aunque desemboca en una nota mucho más sincera de «me alegro mucho de que no me tomes en serio»... Supongo que quería poner mi vida sentimental en equilibrio estético con los efectos del terremoto que me rodeaban. En fin... Hago notar, además, una coincidencia: Finisterre fue también el paisaje gallego al que fuimos en la primera salida autorizada del hospital de Pontevedra después de que a Pelo Cohete le fuese diagnosticada su enfermedad fatal (lo contaré en la última parte de este libro). Y allí nos hicimos la más hermosa foto que tenemos juntos, consuelo y condena ya de mi vida para siempre. Pero ahora transcribo la carta mexicana:

Esta ciudad sigue siendo desconcertante, con o sin terremotos. Ayer nos acostamos tras catorce horas de viaje, más o menos destrozados y bastante borrachos, pues el whisky fue nuestra única medicina para soportar tanto ajetreo. Esta mañana, a las seis, nos han despertado los fragores de trompetas y tambores militares: eran el cambio de guardia ante el palacio del Gobierno. ¡Ahora ya sabemos que, lo queramos o no, vamos a despertarnos a esa hora todos los días! Nuestra habitación da al Zócalo, la gran plaza de México D.F., donde las campanas de la hermosa catedral suenan inmisericordemente... ¡cada cuarto de hora! Tomás y yo hemos solicitado a la gerencia del hotel una habitación interior menos asaltada por estruendos militares o religiosos y el buen hombre se ha asombrado: ¡pero si nos ha dado la habitación con mejores vistas de todo el hotel! El breve paseo nocturno de ayer a través de la ciudad nos reveló el peso de la catástrofe: edificios torcidos como borrachos, casas no sólo hundidas sino irreconocibles, aplastadas, pulverizadas como por el pisotón de la bota de un gigante. A veces una está caída y la de al lado intacta, como si el azar telúrico eligiera sus víctimas al modo de aquel ángel exterminador que castigó a los primogénitos de Egipto. Bien lo dice Rilke: «Todo ángel es terrible».

Mañana tenemos nuestra intervención en la UNAM, que nos ocupará toda la mañana. Después quedaremos libres para recuperar los restos de gozos y sombras de esta ciudad que yo al menos tanto quiero. Espero que no sea demasiado duro... Te recuerdo siempre con deseo y ternura. ¿Por qué no decirlo?: con amor. Tengo miedo de perderte pero también de verme esclavizado por tu afecto, obligado a renunciar a esta extraña —a veces agobiante— inquietud sexual que es parte irremediable de mí mismo. No acabo de entender por qué tú, que eres hermosa y fuerte, sigues prendada de alguien que no es ni lo uno ni lo otro, alguien como yo, en cierto sentido acabado para muchas cosas. No sé por qué me quieres, pero me alegra y me atemoriza que lo hagas. Yo ya no me defiendo contra tu amor ni, sobre todo, me defiendo contra el mío por ti. Eres la victoria de lo inesperado y jubiloso sobre el horizonte vacío de la ausencia irremediable. Lo cual es dulce y atroz, alarmante y esperanzador. Ahora ya el tejido de mi vida —con tantos remiendos y zurcidos, ay— está hecho en gran parte de tu fibra irrompible: me vas tejiendo en cada uno de esos éxtasis en que me deshago en ti.

Un año más tarde pasé un trimestre lejos de ella en Italia, dando un curso en la Università degli Studi de Parma invitado por Ferruccio Andolfi. Estaba alojado en un apartamento alquilado por una amable señora y dedicaba mi tiempo a ver televisión en italiano, que me encantaba por el arrullo de la lengua, y a hablar por teléfono interminablemente cada noche con Pelo Cohete, plenamente entregados ya a las confidencias amorosas. Siempre nos gustó mucho hablar por teléfono, hasta el final. Cuando me iba de viaje yo la llamaba todos los días, a veces dos o tres veces al día, lo que solía ganarme la rechifla de mis acompañantes, a menudo en forma de elogio irónico: «Oye, cómo la quieres, hay que ver...». Pues sí, mucho más de lo que nunca podríais suponer, so cabestros. Cuando yo estaba en América, calculaba la hora en la que ella estaba disponible, de preferencia al despertar por la mañana, y la telefoneaba entonces aunque tuviera que espabilarme a las tres o las cuatro de la madrugada. Hablábamos largo y tendido, a despecho de la distancia y los costes de la conferencia. Eso sí, para cubrir las apariencias uno de los dos decía cuando ya llevábamos media hora de charla: «Oye, vamos a colgar que esto nos va a salir carísimo». Y luego seguíamos tranquilamente otra horita más. En el fondo no fuimos amantes ni «compañeros» (horrible expresión, propia de los naipes o del tenis pero no del amor), tampoco matrimonio: fuimos novios, siempre novios, de los de toda la vida, de los de «anda, cuelga tú», «no, tú primero». Pero nuestro récord telefónico lo establecimos durante aquella estancia mía en Parma. ¡Qué borrachera de conversaciones sobre lo más íntimo y lo más público, sobre política y sobre cine, sobre nosotros, que éramos el mundo entero el uno para el otro! Para charlar yo utilizaba el teléfono del apartamento en el que me alojaba y nunca pensé que tendría que pagar el coste de tanta verborrea internacional. A la semana de haber vuelto a Donosti, me llegó la factura enviada por la atenta pero alarmada dueña. El gasto equivalía casi exactamente a todo lo que había cobrado por mi curso en la Università degli Studi, de modo que después de saldar la deuda no saqué de mi aventura italiana ni una lira en limpio. Pero puedo decir con plena convicción que fue uno de los mejores negocios que he hecho en mi vida. Pues a pesar de tantas conferencias telefónicas (que eran respecto a la realidad de nuestras vidas desmenuzadas como aquel mapa del que habla Borges, tan grande como el país que representaba), aún tuve ganas de escribir la carta que encuentro ahora en la caja de los recuerdos, aunque evidentemente debió de ser muy al comienzo de mi estancia en Parma, cuando aún llevaba encima poco trecho de charlas nocturnas.

Querida mía, todavía no he tenido tiempo ni de comprar unas postales bonitas para enviarte, pero te escribo ya antes de que empieces a maldecirme, como sueles. Parma es una ciudad pequeña y tranquila, de la que sus habitantes (que sí, se llaman «parmesanos» como el queso) están muy orgullosos. Cada po-

cos metros hay una macelleria donde venden el famoso jamón de Parma, que ellos consideran superior al de Jabugo y a cualquier otro (es realmente bueno, aunque no tanto) o una tienda de formaggi, llena de los no menos célebres quesos Grana de la tierra, que éstos sí son incomparables. Normalmente el queso parmesano que solemos tomar en España es seco, como para rayar, pero aquí lo hay blando y fresco: ¡toda una experiencia! Espero no engordar demasiado entre tantas delicias... La ciudad puede recorrerse a pie en media hora, como San Sebastián. Todo el mundo, jóvenes y viejos, van a su trabajo en bicicleta. Nada más llegar me ofrecieron una, que yo decliné amablemente: les conté que alguien me había referido que al filósofo Nicolai Hartmann le mató un tranvía al ir a su clase en bicicleta (parece que se lo tomaron muy en serio, como si les hubiera dicho que fumar produce cáncer o algo así). Bueno, eso es algo al menos de lo que yo no moriré (me refiero a la bicicleta, el tabaco no sé). Por lo demás, la gente es alegre, amable y le tratan a uno con toda confianza. En fin, ya te contaré... Te quiero y te extraño.

Cuando hablé de las charcuterías no mencioné una anécdota que me ocurrió también al comienzo de mi estancia pero que seguramente nos hizo luego reír en alguna de nuestras charlas telefónicas. Como además del jamón yo frecuentaba y celebraba el salami local, mi anfitrión Ferruccio Andolfi me recomendó probar el embutido de felino. Yo había probado ya en Toscana, con cierta reticencia superada por mi ánimo explorador, el salchichón de carne de burro, de modo que me mostré dispuesto a tomar allí salami de gato si eso servía para aproximarme al *genius loci*. Muerto de risa, Ferruccio me aclaró que lo que me recomendaba era probar los reputados embutidos de Felino, una pequeña localidad cercana a Parma a la que me llevó para disfrutar un estupendo almuerzo.

Antes de cerrar esa caja que guarda tantos recuerdos, menciono dos más como despedida. El primero es una postal del tapiz de la dama y el unicornio del Museo Cluny en París, en la que yo había escrito unas pocas líneas aludiendo evidentemente a nuestros primeros tiempos compartiendo la casa de Triunfo, 3, en Donosti, cuando yo viajaba semanalmente desde Madrid en coche-cama y llegaba muy temprano a San Sebastián: «Amor mío, ese unicornio narcisista que se mira complacido en el espejo de la bella pone la misma cara que suelo poner yo cuando llego del tren por las mañanas a Donosti y te encuentro en la camita. ¿O no?». El otro es una tarjeta con unas pocas líneas escritas por ella, cuya primera frase me emocionó por su inesperado acento profético. «Si por algún motivo hubieras de recordarme, que sea al lado de aquello que junto a la música y el amor es mi mayor fuente de placer: EL CINE. Laurence Olivier, Orson Welles, Joan Crawford, Anne Baxter y películas como *Campanadas a medianoche*, *Queimada*, *De aquí a la eternidad*, que permanecerán incluso cuando nosotros...» Ahí se interrumpe este breve texto como décadas después se interrumpió su vida, cuando aún quedaba tanto por añadir...

Pelo Cohete y yo viajamos mucho juntos. En unas pocas ocasiones me acompañó cuando me invitaban a dar alguna charla en el extranjero, las más de las veces fuimos a lugares que ella quería conocer y al final nos inventamos proyectos de trabajo que nos obligaran a compartir desplazamientos. A mí me gustaba volver con ella a ciudades que ya conocía, para tratar de impresionarla haciendo de cicerone. Pero en realidad era ella la que me descubría lo más bello, vivo o al menos interesante de los lugares que ya creía tener explorados. Es uno de los variados milagros del amor: el asombro del mundo que se revela a través de la mirada del ser amado. Nunca he sido buen viajero, ni siquiera buen turista; alguna vez he escrito muy sinceramente que lo que prefiero de los viajes es el regreso a casa. No cuento los desplazamientos internacionales por motivos hípicos, por lo mismo que supongo que no puede ser contado como visita turística la peregrinación del enfermo a Lourdes en busca de curación milagrosa; he sido durante muchos años (y aún sigo siendo) un peregrino del *turf* pero sólo para sanar mi alma, no para conocer mundo. De los motivos habituales de los viajes, las maravillas artísticas me cansan pronto y los paisajes no tardan en aburrirme. Cuentan que cierto día, paseando por un jardín, un amigo le comentó a Voltaire su admiración por cuánto habían crecido aquellos árboles, y Voltaire respondió: «Es que no tienen otra cosa que hacer», dictamen que para mí vale para la Naturaleza en su majestuoso conjunto. Pues bien, por el contrario, cuando viajaba con ella renacía mi interés por el arte, por las bellezas naturales y por cuanto encontrábamos. No me emocionaba lo que yo veía o volvía a ver, sino verla a ella viendo las cosas y compartiendo conmigo lo que sentía al verlas. Ese gozo nunca me cansaba ni me decepcionaba jamás. Los países exóticos, los museos que atesoran obras maestras, allí encontramos novedades que nos deslumbran y conmueven, pero siempre hasta cierto punto y nada más. Sólo el ser amado es un paisaje inagotable y el don de su compañía la única gracia que convierte al afortunado en repentino artista.

El primero de nuestros viajes juntos fue a Venecia. Yo había ido antes con frecuencia, incluso celebré bastantes veces el *capodanno* en compañía de buenos amigos en la Trattoria da Bepi, en la Strada Nova. Ella en cambio no conocía esa ciudad inverosímil. El primer día ejercí desmañadamente el papel polifacético de cicerone del arte veneciano, introductor en delicias gastronómicas locales y amante apasionado. Este último oficio, el más grato en teoría, tropezó con un doloroso inconveniente. En nuestra primera noche, tras una grata cena regada (por mi parte solamente, claro) con cierta demasía, cumplí bastante gallardamente mi empeño amoroso. Pero me quedé con cierto reconcome de que a la mañana siguiente, ya despejadas las traicioneras brumas etílicas, debía aprovechar el renovado impulso erótico de la alborada para mejorar contundentemente mi demostración pasional. Pero, ay, como señaló el hoy olvidado André Maurois en el título de uno de sus deliciosos libros, «siempre ocurre lo inesperado». Era aún muy temprano cuando me despertó un malestar que yo conocía demasiado bien y que no podía confundir con una simple resaca: estaba comenzando a sufrir un cólico nefrítico. Por entonces yo los padecía frecuentemente, un legado de mi padre que tenía en los riñones una auténtica cantera. Esa afección tan dolorosa es de las pocas cosas malas que se me han ido aliviando al llegar a la vejez. Pero aquella madrugada de Venecia yo era joven y estaba en la cama con la mujer que quería. Me había hecho a la idea de que aquella primera mañana tenía que inaugurarse con los gemidos del placer y no con los del padecimiento renal, de modo que calculé cuánto me faltaba —según mi experiencia de ocasiones anteriores— para llegar al acmé del cólico y me puse a mi tarea erótica. Lo hice con una urgencia en la que se combinaba el deseo y los primeros latigazos de un sufrimiento físico que no hacía más que empeorar. Ella se despertó a medias, sorprendida y halagada por una arremetida tan vehemente. Aunque era más partidaria del sexo mimoso y «romántico» que del duro («Qué poco romántico eres, qué bruto, hijo mío», solía decirme, con razón), esa mañana respondió como una auténtica leona. Y no era cosa de decepcionarla, claro. Nunca lo he pasado peor disfrutando tanto. Para cuando rebusqué en la maleta y encontré la buscapina, el cólico ya estaba de retirada, quizá asustado por el recibimiento pasional que se había encontrado. Intenté entonces proclamar el mérito que tenía, *cupiditas omnia vincit*, pero ella desde el bidet me comentaba con irónico cariño: «¿Un cólico nefrítico? Oye, pues que vengan muchos así...».

Volvimos luego varias veces más a Venecia, incluso vivimos una breve temporada como citadinos de la capital de los dogos en un apartamento que nos cedió generosamente José Ángel González Sainz. Nuestro pequeño alojamiento estaba en una zona retirada de la vorágine turística y habitarlo era algo bastante distinto a ser huésped del Danieli (también estuvimos un fin de año en el Danieli, invitados por una generosa fundación, pero no lo suficientemente generosa: ¡nos tocó una habitación que parecía el cuarto de las escobas!). Disfrutábamos allí de una Venecia más íntima, más *real*, si es que este calificativo puede acoplarse alguna vez a Venecia. Hacíamos nuestras compras en modestas tiendas del barrio y frecuentábamos *trattorias* donde nunca había entrado un guiri ni un japonés. Una noche, ya tarde, volvíamos a casa dando mil vueltas y equivocándonos a cada paso de camino, al estilo veneciano, cuando en un recodo tropezamos con una placa: AQUÍ NACIÓ GIACOMO CASANOVA. Me alegró como un buen augurio, porque es uno de mis héroes literarios favoritos. En otra ocasión (quizá en otro viaje) nos sorprendió el *acqua alta* acompañada de un fuerte chaparrón y tuvimos que refugiarnos en una pequeña óptica, la del diseñador Danilo Carraro. Como las condiciones climatológicas no mejoraban y a mí me daba vergüenza ejercer de okupa, me probé varias de las atrevidas monturas de Carraro y finalmente me compré unas gafas grandes y cuadradas, de color anaranjado, que fueron las primeras de una colección algo extravagante que aumentaba en cada una de nuestras estancias venecianas y que se convirtieron por entonces en una de mis señas externas de identidad. A Pelo Cohete le gustaba que me pusiera ese tipo de cosas atrevidas, camisas floreadas, atuendos playeros algo escandalosos, gabardinas con grandes cinchas, a lo Bogart, corbatas festivas... Si me vestía de forma más convencional, me lo afeaba con su peor crítica: «¡Eso te hace muy mayor!». Volviendo a mis gafas venecianas, me propiciaron un encuentro divertido. Estábamos en París, en la rue Rivoli, y ella curioseaba en una tienda por lo visto muy *fashion* pero que a mí no conseguía motivarme. De modo que decidí esperarla fuera, tomando el aire. Pasó un transeúnte de mediana edad, sin gafas, que se me quedó mirando y, señalando a las mías, preguntó: «¿Danilo Carraro?». Asentí con un rotundo «¡Carraro!» como si diese la contraseña en una película de espionaje. El desconocido sonrió satisfecho, me saludó con el puño cerrado y el pulgar en alto, y luego continuó su camino.

Fuimos juntos a lugares un poco a trasmano, como Islandia (en el vuelo de ida me perdieron la maleta, donde guardaba mi ropa de abrigo y una preciosa edición ilustrada de *Viaje al centro de la Tierra* que aún lamento haber perdido), donde comimos muy mal pero lo pasamos bien. Ella se divirtió mucho sacando vídeos maliciosos de mis torpes esfuerzos por caminar por un glaciar (soy abominable como hombre de las nieves) y fascinando a nuestros compañeros de bus turístico con su agilidad para trepar por los peores riscos en cuanto parábamos un momento para ver alguna cascada o un géiser. Por la noche íbamos a alguna discoteca cercana al hotel, donde se cimbreaba con su gracia espontánea sin la menor intención provocativa (era la mujer menos dada al coqueteo del mundo, pese a tener tanto de que presumir) y yo me las veía y deseaba interponiéndome a su lado cuando enormes *trolls* muy pasados de copas la rodeaban en admirado silencio. Nos recuerdo también en las cálidas aguas sulfurosas de la Laguna Azul de Reikiavik, chapoteando lánguidamente bajo una nevada y viendo cómo los copos se volatilizaban antes de tocar nuestras cabezas como si nos cubriese una cúpula invisible. Aunque para mí el verdadero descubrimiento fue que todas las austeras iglesias islandesas tenían retretes a la entrada, junto a convenientes guardarropas; una buena prueba de que sus pastores creían en la resurrección de los cuerpos y, por tanto, no olvidaban atenderlos donde también se cuidaba de las almas.

Otro objetivo viajero remoto y dichoso para nosotros fue Japón. A ella siempre le gustó mucho la estética nipona, desde que la conocí. Se vestía por entonces siempre en blanco y negro, con broches y otros adornos de corte inequívocamente oriental. Y los arreglos florales fueron su mayor pasión toda la vida, incluso mucho antes de haber oído hablar del *ikebana*. Los cuencos, bandejitas, palillos, teteras y otros primores de la vajilla nipona se habían incorporado hacía tiempo a nuestra mesa, a veces como mero ornamento nada más. De modo que cuando la Japan Foundation nos invitó al país, no discutimos mucho antes de aceptar. Yo había estado ya años antes y guardaba muy buen recuerdo de aquella experiencia. Por supuesto, el tiempo no había pasado en balde y el viaje a Tokio se había agilizado mucho: la primera vez que fui, volé primero a Ámsterdam, de ahí a Boston, luego a Anchorage (recuerdo el gran oso polar disecado en pie que había en el aeropuerto, mi único recuerdo de Alaska) y después, sobrevolando el Polo, a Tokio. Cuando llegué me habían extraviado la maleta, como es natural después de tanto trajín. Acepté la pérdida con desconsolado fatalismo (¿dónde venden cepillos de dientes y calzoncillos en Tokio?), pero mi amigo Fernando Sánchez Dragó, que me hospedó en su casa, revolucionó el aeropuerto para convencer a sus directivos —que ninguna culpa tenían de mi desastre— de que yo era el casi seguro premio Nobel de Literatura de ese año (?), que podía quedarme sin él si no recuperaba mi maleta (??) y que en tal caso demandaría al aeropuerto Narita por daños y perjuicios (???), etcétera. Los encargados escucharon estas patrañas con la habitual cortesía local y lo cierto es que al día siguiente uno de ellos trajo el equipaje extraviado a casa de Fernando en su propio coche. Nunca he encontrado gente tan educada y amable como los japoneses.

En cambio, el viaje que hicimos años después Pelo Cohete y yo fue Madrid-Tokio en vuelo directo y sin escalas. La Japan Foundation puso a nuestra disposición un coche con chófer para nuestros traslados y un o una intérprete (según la ciudad) para suplir nuestra indigencia lingüística. También nos facilitó acceso a museos, monumentos y entrevistas con personalidades de nuestros campos profesionales. Ella disfrutó visitando estudios cinematográficos (en uno de ellos se encontró trabajando al director chino Zhang Yimou, al que admiraba) mucho más que yo visitando departamentos de filosofía ética en las universidades de Tokio y Kioto. Reconozco que mis intereses académicos han sido siempre muy modestos, y más en latitudes remotas donde las dificultades idiomáticas forman una barrera casi infranqueable. De todos modos, para salvar la cara ante la exquisita cortesía de mis anfitriones, yo formulaba alguna pregunta al albur o contestaba del mismo modo a la que por compromiso me dirigían. Afortunadamente, mi estupidez debía de diluirse hasta lo incomprensible gracias al trabajo del traductor. En cierta ocasión éste me transmitió que uno de los miembros del departamento se interesaba por saber si también en la recatada España los jóvenes se besaban y acariciaban en público con ostentosa desvergüenza. Tras mi respuesta afirmativa me preguntó que cómo consideraba yo este escandaloso fenómeno. Le repuse sinceramente que con mucha envidia y esta vez la traducción de mis palabras debió de ser fidedigna porque me gané bastantes miradas de divertido asombro entre los profesores. No se trata ni mucho menos de que los japoneses sean puritanos en cuestiones sexuales, pero son extremadamente respetuosos de las convenciones sociales, sobre todo de las que establecen los distintos roles del varón y la mujer. Un botón de muestra: viajamos de Tokio a Kioto en el famoso «tren bala», que entonces nos asombró (hablo de hace algo más de veinticinco años) por su velocidad y diseño vanguardista. Nos acompañaba nuestra intérprete, una chica joven muy despierta que comenzó a menudear leves comentarios irónicos sobre el país cuando se convenció de que éramos capaces de apreciarlos. Durante el trayecto, como siempre, Pelo Cohete bromeaba conmigo, yo le pasaba mi brazo por los hombros y me volcaba sobre ella para señalarle puntos del paisaje, alardeábamos ingenuamente de cariñoso compañerismo. Después nuestra acompañante nos comentó entre risitas las críticas que tal comportamiento había suscitado en unas señoras de mediana edad que iban sentadas detrás: «Yo nunca haría esas cosas con mi marido... ¡ni en casa!». La intérprete nos recordó que el exceso de urgencia amorosa de la mujer era una causa de divorcio en Japón para cualquier varón respetable.

Puede que las costumbres hayan cambiado en Japón desde entonces. Según nuestra experiencia de aquel viaje, cuando el hombre y la mujer iban juntos, la jerarquía no ofrecía lugar a dudas. En nuestras visitas a los departamentos de filosofía, de vez en cuando Pelo Cohete formulaba alguna pregunta a los profesores, alternando con las mías. Contestaban con toda amabilidad, pero siempre dirigiéndose a mí, como si yo fuese una especie de ventrílocuo y ella mi muñeca de la suerte. En las comidas oficiales que nos ofrecían los organizadores de nuestro viaje, los hombres se sentaban en un extremo de la mesa y las mujeres en el otro (lo cual, viniendo del País Vasco, no nos extrañaba tanto: en mi adolescencia y primera juventud, la ronda de vinos por la parte vieja de San Sebastián la hacíamos las cuadrillas de chicas y las de chicos por separado). Pelo Cohete no lo consentía, igual que nunca se avino a que nos separasen en almuerzos o cenas formales en embajadas, etcétera. Ni corta ni perezosa, se adelantaba a la mesa y cambiaba los papelitos que indicaban el sitio de cada cual, de modo que pudiera ponerse junto a mí con sonrisa desafiante. Nuestros respetables huéspedes se resignaban a este atropello al protocolo que yo le afeaba por lo bajo... aunque en el fondo me encantaba y divertía a partes iguales. A fin de cuentas, ¿por qué admitir la convención de que éramos dos piezas separables cuando nosotros sabíamos que frente al mundo social éramos sólo uno? Por cierto que los directivos de la Japan Foundation tenían un discreto sentido del humor. En la cena de gala que nos ofrecieron como despedida, el presidente dijo unas breves palabras sobre los grandes imperios modernos: el español, que había durado tres siglos; el inglés, que prevaleció durante uno; el norteamericano, que ya contaba con más de sesenta años... «Espero que Japón tenga al menos quince días de hegemonía», concluyó.

La anécdota más divertida de aquel viaje fue nuestra visita, cortesía de la Fundación, a un monasterio budista para participar en la ceremonia del té. A ella le apetecía porque nos habían dicho que allí había un jardín zen muy hermoso (aunque habíamos visto muchos más, nunca se cansaba de ellos), y a mí me apetecía porque a ella le apetecía. En cuanto a los jardines zen, para mi gusto se parecían demasiado unos a otros, aunque probablemente era mi sensibilidad grosera la que no percibía los matices que los diferenciaban entre sí. De modo que penetramos en el recinto clerical con el debido respeto y la aconsejable cortesía. Desde luego a mí todas las religiones me resultan igualmente absurdas en su interpretación fulminante del universo y el papel inverosímilmente central que desempeñamos los humanos en él. Pero se trata de un absurdo justificado, casi necesario: es obligado poetizar de algún modo la vida para proponer cierto alivio a la falta de significado, es decir, a la *insignificancia* de nuestro puesto en el cosmos y a la del cosmos mismo. Somos animalitos que se nutren del pienso más improbable (¡el pienso luego existo!), es decir, de *significados*. Y aunque los significados parciales que imaginamos y validamos no tengan refrendo superior, no por ello nos resultan desdeñables. Lo cual excusa a las religiones, por inverosímiles que sean, y a la filosofía, que trata de cumplir un papel parecido al de las religiones pero minimizando los daños fanáticos de la imaginación por medio de las cautelas de la razón. Como dijo el gran

141

Lev Chestov, «para afrontar lo posible, contamos con nuestros semejantes; ante lo imposible, queda Dios». En fin, perdón por esta digresión, me había prometido aquí contarles mi vida con ella y no filosofar más.

En nuestra visita al monasterio nos acompañó un joven monje español que llevaba en él ya varios años. El prometido jardín zen era no menos bonito que la media, las habitaciones parecían austeras cajas de madera que olían suavemente a sándalo y crujían bajo nuestros pasos descalzos. Nos cruzábamos ocasionalmente con otros monjes furtivos y silenciosos. Quizá fuera por mi clerofobia (que se extiende por igual a todas las iglesias), pero esas comunidades de varones solteros sin más compañía carnal que otros como ellos mismos y sus manos sudorosas me dan siempre un relente como a semen reseco. Creo que sin presencia femenina no hay santidad posible, ni siquiera humanidad íntegra. Pelo Cohete lo dijo en voz alta, con más franqueza que malicia: «De modo que aquí no tenéis mujeres». Me pareció que nuestro guía se sonrojaba un poco, mientras comentaba con risita de conejo: «Sí, claro, entran a menudo. Para limpiar, cocinar a veces...». Ante el inapelable «¡ya!» de ella, prefirió ahorrarse más precisiones. En sí misma, la ceremonia del té consiste en una serie de gestos parsimoniosos y algo maniáticos para hacer durar el placer de tomarse una buena taza de brebaje verde y cremoso. Por lo visto, durante mucho tiempo el té, que llegó de China (como casi todo lo que no llevaron a Japón los jesuitas españoles), fue un bien precioso que no

142

se podía consumir sin los debidos miramientos, como hoy los *connaisseurs* degustan una copa de *grand cru* dando vueltas al líquido, aspirando su aroma y haciéndola durar lo más posible. Junto al chico español se encargó de la ceremonia otro monje, mayor y de aspecto más severo, que nos iba enseñando con cierta prosopopeya todos los adminículos utilizados, la tetera, las tazas (se nos advirtió que eran muy antiguas) y la brocha para revolver el polvo verdoso disuelto en el agua caliente. Cuando ya habíamos probado la bebida, casi hirviendo, aparecieron en una preciosa bandejita dos pastas más bien gruesas para acompañarla. Pelo Cohete las miró con escaso entusiasmo. Aunque soy poco aficionado a los dulces, cogí una animosamente y me dispuse a darle un mordisquito de cortesía. Nuestro compatriota me indicó discretamente que debía consumirla entera. Me la metí en la boca y ella, que me observaba dócilmente por una vez, me imitó. Aquello era una especie de polvorón pegajoso que llenaba por entero toda la cavidad bucal y obligaba a respirar por la nariz. Intenté expresar mi aprecio por gestos, pues era incapaz de pronunciar palabra y cualquier sonido me hacía expulsar una nube de miguitas. Crucé mi mirada con Pelo Cohete, que estaba evidentemente en un trance similar, y a ambos nos entró una risa intempestiva y, dadas las circunstancias, quizá incluso algo blasfema. Tratábamos de deglutir sin explotar en una carcajada, porque no era cosa de ofender a nuestros atentos huéspedes. El jolgorio espontáneo choca en todos los templos; ya señaló

Cioran que en el fondo todas las religiones son cruzadas contra el humor. El monje español se había dado cuenta de nuestra hilaridad y hacía ímprobos esfuerzos por no contagiarse de ella, porque antes que monje era joven y español. Para disimular su azoro, reclamó nuestra atención sobre las venerables tazas que habíamos utilizado y no sé qué santa inscripción que llevaban en su reverso; para mostrárnosla invirtió la taza, con tan mala suerte que aún contenía algo de líquido y lo derramó sobre la esterilla. El superior le fulminó con una mirada que debía de ser el equivalente budista del tiro en la nuca, y ahí acabó nuestra ceremonia del té.

Siempre he lamentado, ¡entre tantas otras cosas!, que apenas viajáramos juntos por Hispanoamérica, la parte del mundo no europea que más ha representado en mi vida. Teníamos planeada nuestra expedición a México para realizar el capítulo dedicado a sor Juana Inés de la Cruz en nuestro libro truncado *Aquí viven leones*. Pero de hecho sólo estuvimos en Argentina, aunque, eso sí, de punta a punta: recorrimos Patagonia, de Ushuaia a Bariloche, y un año después estuvimos en Misiones, saludando a las cataratas de Iguazú. De ambos viajes guardo tiernos recuerdos, pero sobre todo estampas de zoología práctica: el cóndor al que vimos salir y entrar en su alta guarida rocosa desde el barco que nos paseó frente al glaciar Perito Moreno, los yacarés que flotaban como troncos astutos junto a nuestra canoa en los ríos de Misiones, el zumbido de minúsculo bombardero de un colibrí en un macizo de flores frente a las tonantes cataratas... ¡Qué bien lo pasó ella en esos viajes, planeados sólo para su disfrute! Me gustaría recordarla siempre con la sonrisa de esos días argentinos, no con el gesto amargo de tantos malos momentos que vinieron después... Sin embargo, aun entonces hubo alguna ocasión de lágrimas en sus ojos. Fue en Misiones, una tarde que fuimos a ver un establecimiento donde vendían las piedras semipreciosas del lugar (yo estaba empeñado en comprar una amatista, recuerdo de la que utilizaba Nerón para contemplar las orgías en *Quo vadis?*). Antes de llegar al establecimiento, el taxi tuvo que aminorar la marcha para cruzar un descampado pedregoso y allí nos rodearon una docena de críos entre seis y doce años, ofreciendo chucherías y pidiendo «dólares» con un simpático pero agobiante bullicio tercermundista. El asedio duró un rato, quizá cinco minutos, y el taxista tuvo que hacer sonar el claxon porque hubo momentos en que le cerraban el paso. Yo no le di importancia a la cosa, más allá de cierta impaciencia e incomodidad ante los tiernos pedigüeños (pensando como siempre, convencionalmente, en por qué no estaban en la escuela), pero de pronto me di cuenta del mal rato que estaba pasando ella. La vi con los ojos llenos de lágrimas y los labios temblando, en el intento de explicarme casi furiosamente lo que le pasaba: «¡Venga, vámonos! Estos niños... los niños pobres... Tú no sabes lo que es eso... Dales algo, por favor, que me pongo mala». Después, en la tienda, apenas estuvimos diez minutos antes de volvernos al hotel.

La mayoría de nuestros viajes juntos fueron por Europa, como es lógico. Fuimos mucho a Italia, después de aquella primera excursión a Venecia. Reconozco que adoro Italia —¡me gustan incluso sus defectos!— hasta el punto de que Pelo Cohete me lo reprochaba a veces. Según ella, nada más aterrizar en Malpensa o Fiumicino se me ponía en la cara una expresión boba y beatífica que me duraba hasta que salíamos del país: «¡Ya estás con la sonrisita italiana!», me amonestaba. Cierto viaje a Florencia coincidió con la promoción de uno de mis primeros libros recién traducido. La editorial Laterza no había tenido mejor idea que colocar una fotografía mía de tamaño natural recortada en cartón a modo de reclamo en las librerías, con un efecto a mi juicio disuasorio. Desde luego a mí me estropeaba el placer de curiosear las novedades editoriales italianas, cuya admirable presentación tanto me gusta. Antes de entrar en Feltrinelli o cualquier otra librería, enviaba a Pelo Cohete como exploradora a ver si allí también estaba mi espantapájaros o no; ella se internaba en la tienda con una exagerada mímica de rastreadora apache, para luego tranquilizarme diciendo que no me amenazaba la indeseada presencia de mi doble o que no había más remedio que salir huyendo. También fuimos varias veces al bonito hipódromo romano de Le Capannelle, para asistir en mayo al Derby italiano o al premio Presidente della Repubblica. Aunque ella no era realmente una aficionada al *turf*, disfrutaba acompañándome a las carreras y ejerciendo de fotógrafa, un papel que desempeñaba de modo excelente. En el *paddock* de Le Capannelle ya había *jockeys* que se habían acostumbrado a su presencia y hasta posaban en cuanto la veían, como el simpático Mirco Demuro. Con esas fotos, tomadas en los hipódromos más diversos, ilustramos *A caballo entre milenios*, mi libro dedicado a celebrar las carreras de caballos como uno de los varios apogeos de la vida. De vez en cuando, a Pelo Cohete se le fijaba en la imaginación un campeón y lo seguía con fidelidad, como le ocurrió con el espléndido *Sea the Stars*. Dos años antes de nuestra tragedia apareció en Inglaterra un caballo que para algunos es el mejor purasangre que ha existido nunca: *Frankel*. Yo lo había visto correr a dos y a tres años, entusiasmado con él. En agosto decidimos ir a York, donde se disputaría el International, su compromiso mayor hasta la fecha. Nuestro objetivo era primero ver la carrera y luego fotografiar al crack. Nos acompañaba nuestro buen amigo José Luis Merino, pieza insustituible de nuestro equipo. Como excelente directora de fotografía que era, Pelo Cohete lo dispuso todo para inmortalizar el momento victorioso. Yo me situé en las gradas, para ver la prueba tranquilamente, y ellos dos junto a la pista, casi en la llegada. José Luis se ocupaba de la cámara grande y ella de otra pequeña, así como de dar la voz de «¡acción!» en el momento oportuno. La prueba fue un despliegue impresionante de poderío por parte del campeón. Después de abordar la curva a la zaga del grupo, comenzó a avanzar más y más rápido por la larga recta de York, pasando a sus adversarios —un grupo de los mejores caballos del momento— con la misma facilidad que si fuesen mojones clavados en la pista. Fue uno de esos momentos gloriosos del *turf* en el que se alza un clamor entre los aficionados que nada tiene que ver con las apuestas o las simpatías partidistas de cada cual, sino en el que resuena la admiración por el ideal del purasangre perfecto hecho carne mortal. Yo grité, todos gritamos. Y, naturalmente, ella también gritó con toda la apasionada vehemencia con que se alineaba siempre del lado de la vida. «¡Frankel!», exclamó alzando los brazos bruscamente, dando un tremendo tantarantán a José Luis, que casi pierde por el césped la Canon cuidadosamente enfocada, mientras que ella misma apuntaba su Leika hacia las nubes. En efecto, aciertan: no hubo foto. Pero gracias a eso ninguna máquina se interpuso entre nosotros y el arrebatado éxtasis de entrega al invencible.

Cuando me invitaban para alguna actividad profesional a un país que ella no conocía, lograba a veces convencerla para que me acompañase. Así fuimos juntos a Viena, a Budapest, a Berlín. Y también a Bucarest. A mí Rumanía me interesaba sobre todo porque era la patria del oficialmente apátrida Cioran, que tanto influyó en mi vida. Pero también compartía con Pelo Cohete la pasión por su personaje histórico más famoso, o quizá debiera decir más infame: Vlad Tepes, llamado Drácula, el príncipe tenebroso. Por supuesto, «nuestro» Drácula debía mucho más a Bram Stoker y a Tod Browning que al personaje del que hablan los historiadores profesionales. Y me parece muy justificado que los rumanos tuerzan el gesto cuando se les pregunta por las andanzas del vampiro, porque nos estamos refiriendo de una manera sumamente irreverente a un héroe nacional. Imaginen ustedes que los extranjeros interpretasen a su modo la leyenda tradicional de que el Cid Campeador ganó una batalla después de muerto y lo convirtieran en un personaje de *The Walking Dead*. O aún peor, como solía decir un amigo mío guasón, que creyesen que en la catedral de Burgos está enterrado Charlton Heston... En fin, sea como fuese, ella y yo teníamos nuestra propia mitología compartida y no paramos hasta visitar el supuesto castillo de Drácula (tal como fuimos juntos al 221B de Baker Street en Londres, que no existe en el callejero pero sí en la imaginación, donde todo cuenta más) y compramos el *merchandising* más cutre y divertido que pudimos encontrar. Aún tropiezo con esos recuerdos en la casa ya solitaria, ahora sí espectral, y me devuelven a mi verdadero hogar.

A Bucarest me invitó el Instituto Cervantes, para hablar de mis traducciones de Cioran y de la acogida —excepcionalmente cálida, por cierto— del gran pesimista en España. La capital rumana había sido uno de los centros culturales de la Europa anterior a la Segunda Guerra Mundial, pero cuando nosotros la visitamos en los años noventa del siglo pasado se caía a pedazos, literalmente: el coche en el que Ioana Zlotescu, la directora del Cervantes, vino a recogernos al aeropuerto tenía un par de grandes abolladuras en la carrocería. Nos dijo, sin darle mayor importancia, que se debían a cascotes desprendidos de las cornisas de algunos edificios cuando el coche estaba aparcado en la calle. En Bucarest descubrí por primera vez lo que en países de la Europa del Este se pensaba de los intelectuales de izquierda que venían de las democracias occidentales. Cuando debían presentarme al público de cualquier otro Instituto Cervantes, la persona encargada solía leer un currículum estándar en el que se mencionaba de pasada mi breve estancia en la cárcel durante la dictadura y mi expulsión de la Universidad Autónoma de Madrid. Estos «méritos» de guerra a mí me resultaban algo embarazosos de escuchar, pero solían granjearme cierto halo heroico entre el público biempensante. No fue así en Bucarest, porque noté que al oírlos, algunos de los asistentes torcían el gesto. Y mi presentador se tomó la molestia de aclarar amablemente que, aunque antifranquista, yo no fui nunca jamás comunista, de modo que mis opiniones sobre Cioran podían ser escuchadas sin miedo de contaminación partidista. No era cosa de enredarse en mayores explicaciones, pero resultaba comprensible que quienes habían visto a Rafael Alberti o Solé Tura pasearse en coche oficial con los altos cargos de la dictadura que los perseguían no tuvieran en muy alta estima a los adversarios de Franco. Si hubiera venido al caso, yo les habría explicado con mucho gusto que, al modo ingenuo de aquellos años mozos, luché contra nuestro tirano local porque deseaba un régimen democrático como el de Francia o Inglaterra, pero que puestos a elegir entre Franco y Ceaucescu (¡o la Pasionaria!), me resignaba sin dudar a quedarme con el Caudillo. Opción que ahora tengo todavía más clara que entonces.

En aquel viaje a Rumanía, durante nuestra estancia en Bucarest, una joven estudiante de español me hizo por lo visto una entrevista bastante larga. Digo «por lo visto» pues no recuerdo esa charla, pero me lo ha recordado hace poco la interesada. Fue el mismo año en que escribo estos recuerdos (2018), en la Feria del Libro de Madrid, en un acto organizado por la embajada de Rumanía, país invitado de la Feria. En el acto se presentaba la traducción de uno de los primeros libros de Cioran y yo compartía estrado con el traductor y con una guapa señora rumana, que hablaba un español impecable. Me dijo que ella era la joven principiante aún tímida que me entrevistó hace tantos años en Bucarest y que luego nos acompañó en nuestra visita a la capital, en especial al inmenso palacio gubernamental en cuyo vacío se albergaba la megalomanía de Ceaucescu. Se llama Luminita Anca Marcu y me habló de Pelo Cohete, de quien guardaba una impresión indeleble. Incluso había escrito unas reflexiones sobre aquellos días, centradas sobre todo en ella, que tuvo la amabilidad de enviarme. Me permito citar aquí la semblanza que hace de mi amor en paralelo a recuerdos de su abuela, la mujer que fue más importante en su vida: «Hay mujeres que no pueden morir tal y como se muere en general. Claro, a mi abuela le conocía cada gesto, aún hablo con sus palabras a veces y la certeza de que no iba a morir nunca se había apoyado en miles de pruebas recogidas con cuidado a lo largo de muchos años. A la mujer del hombre a quien entrevisté hace once años en Bucarest sólo la vi unas horas, un breve instante, pero curiosamente la sensación es idéntica. Certeza, la misma certeza. Quise hablar con ella desde el primer segundo cuando, por la ventana del hotel donde los estábamos esperando, la vi acercándose junto a su marido. Lo acompañaba, pensé, entonces debe ser la mujer de la dedicatoria de *Mira por dónde*: "Sara, mira, mi vida...". No sé cómo explicarlo bien, pero hay mujeres que, aunque estén pegadas a un hombre, colgándole del brazo o con la mano entrelazada con la de él, nunca acompañan. Siempre van por su cuenta y eso no significa ninguna soledad o egocentrismo. Es mas bien una forma de estar en el mundo. Así andan, como andaba ese día en Bucarest la mujer del escritor español. Son los que se saben a sí mismos seres completos, dibujos definitivos. Es algo que se percibe desde el primer momento, que no se puede fingir y que hechiza. O, por lo menos, me hechiza a mí».

Más adelante continúa su semblanza así: «Mi abuela leía en la cama o hacía crucigramas y movía un dedo o levantaba las cejas, en cualquier caso a mí, que a su lado luchaba por no deslizarme en el sueño, me tranquilizaba el hecho de que ella seguía de alguna forma en movimiento. Los niños odian los silencios y la inmovilidad. Creo que sorprendí lo mismo en Sara. Me da un poco de vergüenza llamarla por su nombre pero creo que no la importaría. Sí, debe de haber tenido el mismo exceso de vitalidad que rezuma desde dentro hacia la superficie y que hace que incluso los rasgos, las líneas de la cara no les estuvieran nunca quietos. Supongo que por esto ella, igual que mi abuela, fueron mujeres que nunca aparentaron su edad. No es que fueran guapas en el sentido común, es que parecían jóvenes, definitivamente jóvenes por esa permanente inquietud epidérmica. Pero ella también era guapa sin más, morena y delicada como un dibujo japonés y, cuando hablaba, se le veían los dientes un poco irregulares. Cuando sonreía, cosa que hacía a menudo aunque sin llegar a reír nunca, parecía aún más joven, casi una chiquilla. Una niña traviesa. Y yo, que no pude decir más que "encantada" porque no tenía las palabras y esa falta de léxico y de gramática me encerraba en una jaula de estupidez. Estoy segura de que, a pesar del español exquisito que ostentaba la directora del Instituto, yo le pudiera haber dicho cosas que la hicieran reír a carcajadas. No sé exactamente qué, tonterías sobre Rumanía, sobre Bucarest, pero estoy absolutamente segura de que hubiera entendido mi homenaje tácito. Al fin y al cabo, un reconocimiento. Hay que conocer por lo menos una mujer extraordinaria en tu vida, como me pasó a mí con la abuela, para poder reconocer a otra, cuando tienes la suerte de encontrarla. Y si no la dejas saber, si no la transmites de cualquier forma tu admiración, te quedas con algo indefinido que te pesa como un secreto. Como lo deseado y no vivido».

He citado por extenso estas páginas del breve ensayo que me confió amablemente su autora, con las faltas y vacilaciones propias de quien escribe en una lengua aprendida, sin el último repaso corrector, porque muestran una sorprendente perspicacia en la caracterización interna y externa de alguien apenas entrevisto en un breve encuentro. Pero sobre todo porque son un buen ejemplo de la impresión —a veces yo diría que conmoción— que causaba Pelo Cohete en quien la conocía por primera vez.

Estuvimos en tantos sitios, compartimos tan frecuentemente lo inédito, de lo grandioso hasta lo raro para llegar a la preciosa miniatura... Pero siempre volvíamos a París. En realidad, ir a París no era para nosotros verdaderamente «viajar», más bien lo considerábamos dar una vuelta por el barrio más distinguido de San Sebastián. Yo solía llegar antes a Orly desde Madrid y pasaba por nuestro hotel habitual en el Quartier, para dejar mi equipaje de mano en una de esas habitaciones minúsculas en las que apenas cabía algo más que la cama y una silla al pie de la ventana asomada a una cordillera de buhardillas. Después tomaba el *plat du jour* en el Polidor (los viernes mi preferido, *hachis parmentier*) o en La Tourelle, y me apresuraba a la *gare* de Montparnasse para recibirla. En el enorme y poco agraciado vestíbulo de la estación hay una floristería y allí compraba yo un par de rosas, las más jocundas y triunfales que hubiera, las más descocadas. Con ellas en ristre, me situaba en la cabecera de la vía por la que debía entrar el tren procedente de Hendaya. No me importaba esperar, al contrario; me gustaba. Cuanto más durase el momento delicioso de la llegada que no llegaba, tanto mejor. ¿Qué mayor deleite que aguardar su aparición, cuando sabía ciertamente que aparecería? Y para aumentar ese placer, la leve punzada de la duda: ¿y si no viene en éste?, ¿y si ha perdido el tren? Pero era sólo un venial masoquismo para aumentar el placer de verla por fin bajar de un vagón allá al fondo y avanzar por el andén con su paso elástico y decidido de deportista, más francesa que ninguna francesa, emancipada pero mía, arrastrando una maleta de mano de cuatro ruedas en la que luego siempre había de todo. Recibía su tributo de rosas con la sencillez basada en saber que se lo merecía. Sin dejar de andar hacia la salida de la estación, me daba un beso rápido y pudoroso, empuñaba las flores y a la vez se cogía de mi brazo, tirando siempre de la pequeña maleta, mientras me decía con ritmo de rap: «Hola, por fin, se me ha hecho largo, qué tal tú, son muy bonitas, tonto». Y yo sentía dentro del pecho una afirmación universal, como una cruz al mérito concedida por dioses pícaros y generosos pero también exigentes, algo que ya nunca ha vuelto a pasarme. Sólo podía farfullar palabras felices y superfluas: «¿Qué, vamos a la Coupole?». Y ella, desdeñando los juegos de palabras que suscitaba el nombre del restaurante, me regañaba cariñosa: «Venga, que no piensas más que en comer». Nos íbamos *allegro vivace* porque ambos teníamos hambre: hambre de París.

Mi verano perfecto es el que paso sin moverme de San Sebastián: los baños en la Concha, incansable delicia, las carreras de caballos en Lasarte, el clima perfecto, templado durante el día y fresco por la noche (con algún chaparrón de vez en cuando para espantar a los pelmazos un rato y dejarnos a los nativos disfrutar tan anchos de la playa), los paseos desde el Peine de los Vientos hasta la punta de la Zurriola, sin cruzar una calle ni alejarnos de la orilla del mar, las siestas con libros bien escogidos, la película nuestra de cada noche, dánosla hoy... Pero a comienzos de siglo mi nombre y mis coordenadas comenzaron a aparecer con preocupante frecuencia en los «papeles» (es decir, en los documentos que se intervenían a los comandos desarticulados de ETA) y se me aconsejó discretamente que procurase buscarme alguna localidad alternativa para pasar al menos parte de los meses estivales. Como a Pelo Cohete, que era menos «ñoñostiarra» que yo, un cambio de aires de vez en cuando no le molestaba sino todo lo contrario, decidimos por una vez ser sensatos. Pero ¿adónde ir? Tenía que ser un sitio con mar, por supuesto, porque a ambos nos gustaba nadar —ella como una campeona y yo a lo perro—, pero donde no hiciese ese «buen tiempo», que es como llaman los paletos a achicharrarse noche y día. Un sitio con vegetación razonablemente abundante, porque no éramos de secano, y si fuese posible, con algún monte practicable en el que hacer senderismo, que a mi chica le gustaba mucho. Por supuesto, nuestro refugio debía estar lejos del territorio comanche frecuentado por los terroristas, para qué si no íbamos a mudarnos. No era fácil reunir todas estas circunstancias; el único sitio que se me ocurría era Mallorca: playas, montes, paisajes capaces de contentar incluso a un fanático de la costa vasca como yo, un clima mediterráneo suave... *Last but not least*, era la única región de la España europea que los expertos consideraban resguardada, gracias a su geografía insular, de atentados terroristas. En caso de alarma, la isla podía ser sellada casi de inmediato. Por eso ETA no llevó a cabo el magnicidio que había planeado cuando llegó a tener a S.M. el rey y al presidente Aznar en la mira telescópica de un tirador de élite en el puerto de Palma: no había escapatoria posible para el asesino. Nunca los etarras se arriesgarían a quedar atrapados en ese callejón sin salida. Unos años después aprendimos por dolorosa experiencia que los expertos se equivocaban, como en tantos otros casos...

Cuando por fin nos decidimos por Mallorca estábamos ya en vísperas de julio del año 2000 y no era fácil encontrar un alojamiento conveniente. Mi amigo Basilio Baltasar, mallorquín ilustre que en ese momento era director de la Fundación Bartolomé March, nos consiguió un alojamiento eventual pero suntuoso: la Torre Cega, la mansión palaciega de don Bartolomé al norte de la isla, en Capdepera, que permanecía cerrada desde la muerte del prócer. El edificio es inmenso (nosotros sólo ocupábamos un par de habitaciones, para qué más) y está rodeado de un magnífico jardín en el que hay esculturas de los principales artistas contemporáneos, todas muy valiosas y por lo general feísimas, como cabía esperar. Pasamos allí quince días memorables, sin otra vida social que nuestra mutua compañía ni más conexión con el mundo exterior que un pequeño transistor que funcionaba a la española, es decir, arbitrariamente y siempre con interferencias. Algunas noches, provistos de una linterna, recorríamos las señoriales habitaciones de las tres plantas del palacio, temblando gratamente por la espera de algún fantasma levantino que nos saliera al paso. Ese primer intento nos convenció de que Mallorca no sólo era un mal menor hasta poder volver a San Sebastián, sino un bien alternativo a explorar con entusiasmo. Al año siguiente alquilamos una casita en la avenida principal de San Telmo, un pueblo a unos treinta kilómetros de Palma, relativamente resguardado de la masificación turística por una carretera de trazado disuasorio. Este alojamiento también fue conseguido gracias a los buenos oficios de nuestro amigo Basilio, pero un par de años después Pelo Cohete ya había encontrado un apartamento tan perfecto para nosotros que encajamos en él como la mano en su guante. Tenía dos pequeños dormitorios, cada uno con su ducha adyacente, una cocinita, un salón en el que cabíamos ambos con nuestros libros y discos... y una terraza sobre el mar como la proa de un barco, frente a la islita del Pantaleu y con la Dragonera al fondo. Ella me había dicho: «No podrás resistirte a esa terraza». Acertó, como siempre. Pronto hicimos la mayor parte de nuestra vida doméstica en esa terraza, donde se desayunaba y se almorzaba de manera insuperable. Tuvimos alquilado ese apartamento diez años y sólo su muerte nos hizo desprendernos de él. Un par de meses antes de morir, aunque no había vuelto a pisarlo desde el comienzo de su enfermedad, me dijo: «Mira, lo mejor es que lo alquilemos para los próximos quince años, así ya no tendremos que preocuparnos de eso». Le aseguré con tono animoso que me parecía una idea estupenda y corrí a encerrarme en el cuarto de baño para llorar a solas. Porque yo sabía que ella ya sabía que no tendríamos quince años más.

Al principio nuestro ajuar en el apartamento fue de lo más sucinto. Unos pocos muebles típicos en su eventualidad de un apartamento de verano. Las camas para dormir, las sillas y una mesa para sentarnos en la terraza... Nada más. Para escribir me las arreglé con una mesita minúscula, como para tomar una taza de té, y un taburete a juego. Cuando apretaba el calor sólo teníamos un ventilador de hélice que producía mucho ruido y poco fresco; yo solía envolverme la cabeza en una toalla húmeda para que se me refrescasen las ideas. Así escribí mi semblanza de Borges, uno de mis libros menos malos. No teníamos televisión, pero renunciar a ver nuestra película vespertina hubiera sido un castigo demasiado grande. Afortunadamente teníamos un veterano portátil bastante pequeño donde podían verse DVD. Nos sentábamos en la terraza, con el mínimo de luz encendida para no atraer insectos. En la aterciopelada oscuridad oíamos a nuestros pies el suave romper de la marea y veíamos balancearse las luces de posición amarillas o rojizas en los mástiles de los veleros amarrados frente a nosotros. A la derecha, al fondo, la playa de San Telmo, donde siempre había bullicio, y la terraza del hotel cercano, ocupado generalmente por suizos germanos de mediana edad que se entretenían en juegos colectivos bastante inocentes. Así veíamos, con las cabezas juntas porque la mínima pantalla no permitía alejarse demasiado, películas antiguas que conocíamos de memoria y disfrutábamos una y otra vez. Aquel verano nos dio por las simpáticas aventuras de Fantomas, con Jean Marais y Louis de Funès. ¡Cómo nos pudimos reír con las gansadas del caricato hispano-francés! En una de las peripecias, un mayordomo que ha encontrado a la víctima del crimen corretea por las habitaciones de una enorme mansión gritando cuando se cruza con alguien: «Quel horreur! Quel horreur!». Y contagia ese ritornello a los personajes que le escuchan. También ella y yo nos pasamos luego días, incluso semanas, haciéndonos aspavientos —quel horreur, quel horreur!— ante cada incidente doméstico, muertos de risa. Después...

Al año siguiente, nuestro apartamento de San Telmo había mejorado espectacularmente. A Pelo Cohete le gustaba hacernos unas simpáticas tarjetas de visita (las mías ilustradas con un montón de mis propios libros, las de ella con la máscara querida de Frankenstein), pero bien podría haber puesto en las suyas: «Fabricante de paraísos». Porque sabía crearlos, domésticos y llenos de imaginación, al menos para dos personas que compartíamos tantas aficiones como ella y yo. En el pequeño y antes desguarnecido apartamento pronto hubo muebles, cómodos y singulares, un estupendo televisor de plasma (aunque yo siempre añoré nuestras cabezas juntas ante la pantallita del portátil), cuadros y láminas a nuestro gusto en las paredes, deshumidificador y aire acondicionado, estanterías para libros y discos... Gracias a unos vecinos ingleses que vivían en el apartamento debajo del nuestro (treinta años en Mallorca y ni una palabra chapurreada en español, lo habitual) de los que se había hecho inseparable, consiguió una conexión algo fraudulenta con las cadenas inglesas de televisión. Así pude ver cada verano las carreras de Royal Ascot, espectáculo que ella disfrutaba conmigo orgullosa de verme apasionado. Por las noches volvíamos a nuestras películas compartidas, en este caso viejas series: *Misión imposible*, *Los Invasores*... alternadas con películas de monstruos de los años cincuenta, de las que teníamos una colección muy completa. Por las mañanas, bastante temprano para evitar el calor (que de todas formas nos alcanzaba antes de volver), hacíamos una especie de suave senderismo por las estribaciones de la sierra de la Tramontana. Algunas veces subíamos hasta la Trapa, la cima —nada imponente, pero suficientemente agotadora para mí—que teníamos más a mano. Yo volvía de esas excursiones reventado y rezongando, pero secretamente asombrado de haber sido capaz de tales proezas sin más dopaje que verla caminar atlética y deseable delante de mí, aguijoneándome de trecho en trecho con un «¡venga, gandul!». Luego, el baño en la coqueta playita de San Telmo, con el agua siempre demasiado cálida para mis gustos norteños y de vez en cuando con la visita indeseable de medusas, que ella atrapaba con un salabardo que llevábamos los días de invasión. A veces tomábamos el transbordador, de horarios poco previsibles, y cruzábamos a la isla de la Dragonera, que luego recorríamos caminando de punta a punta. El perfil de la isla es intenso y con un toque misterioso, sobre todo vista desde cierta distancia (pierde gracia cuando se está en ella, como ocurre con las orgías), aunque su nombre no viene de ningún parecido con el espinazo de un dragón, sino de las lagartijas autóctonas que pululan en ella. Al menos eso me contaron amigos desmitificadores cuando me oyeron fantasear sobre su silueta escamosa de estegosaurio levantino.

Debajo de nuestro bloque de apartamentos, en pendiente hacia el mar, había una pequeña parcela de tierra y matojos que sólo se utilizaba como paso para bajar a un escaso embarcadero entre rocas donde podían abordarse barcas de remos y piraguas. En ocasiones servía como vertedero de urgencia. Pues bien, ella transformó ese no lugar en un pequeño y coqueto jardín. Parecía imposible por la inclinación del terreno y su exposición al salitre marino, pero lo consiguió: con su paciencia tan impaciente y brusca a veces, con su cariño por todo lo que plantaba. Era amiga de las flores y las flores la reconocían como tal. Convirtió aquella cuesta en la que nadie se fijaba en un jardín colgante, un minipensil brotado de sus buenas artes de maga neobabilónica. Su dedicación asombraba y escandalizaba también un poco al vecindario, aunque como en su mayoría eran ingleses, valoraban positivamente la aspiración jardinera. Yo la miraba a veces desde nuestra terracita, agachada entre arbustos, escarbando, escardando... De pronto se daba cuenta, se volvía y me mandaba un saludo con la mano enguantada y terrosa; yo la adoraba desde las alturas más de lo que ningún devoto se rindió a su deidad, pero me limitaba a devolverle la señal amistosa. Un par de tardes por semana tocaba regar y yo dejaba cualquier cosa que estuviese haciendo para ayudarla: mientras ella paseaba la manguera por los lugares adecuados, yo vigilaba la conexión con la toma de agua y esperaba a que me dijera «¡abre!» o «¡corta!» para cumplir su orden de inmediato. Era una tarea mínima, sencillísima, adecuada a mi torpeza, pero llevarla a cabo con celo me llenaba de orgullo y me facultaba para asentir, enrojeciendo de placer, cuando ella decía «nuestro jardín». Para mí ese jardincillo era la mejor metáfora de ella misma: mínimo pero exquisito, esforzado, casi imposible, agreste y difícil de admirar, rechazado por el esnobismo pero valorado por las almas fuertes, valientes y solitarias, a lo John Ford.

Ese pequeño apartamento alquilado de San Telmo fue en realidad lo más «nuestro» que tuvimos. El de Madrid o el de la casa de San Sebastián habían sido transformados radicalmente por ella, la fabricante de paraísos, pero la precedieron en mi vida: podía imaginar esos lugares sin su presencia. Sin embargo, el nido de San Telmo nació de nosotros y exclusivamente para nosotros. Todo lo que había en él, lo que lo rodeaba, el paisaje circundante, todo lo descubrimos juntos, nos lo dimos el uno al otro. Era nuestro refugio para que el tiempo y el mundo no nos alcanzasen. Aún ahora oigo en mi cabeza la letanía de aquellos sitios que conquistamos juntos: Andratx, Cala Conills, Cala Ratjada, Sóller, Paguera, Deià, Sa Calobra, Torrent de Pareis, Es Trenc... Nunca volveré a esos lugares, como Adán nunca volvió al Edén en el que vivió sin saber que lo era. Pero si en alguna parte dejamos el poso de la felicidad, fue precisamente allí. En la minúscula cocina del apartamento, donde nunca faltaba la sobrasada y el Campari, ella me hacía tras mucho rogarle sus dos especialidades culinarias: los higaditos en salsa (que estaban mejor al día siguiente) y los chipirones encebollados. Yo le correspondía con algo más fácil, la pasta fresca de cualquier tipo, especialmente raviolis o *tortellini*, hecha como a ella le gustaba: no al dente, sino un poco más pasada. Nunca comí mejor porque en cocina todo lo que no es amor es rutina o esnobismo. A veces, cuando nos sentábamos al atardecer en la terraza disfrutando un poquito de la brisa, ella decía con ingenuo convencimiento: «Qué bien nos arreglamos los dos, ¿eh?». Y así fue, vida mía. Hasta que nos separó lo que no tiene arreglo...

Ahora, en mi devanar permanente del pasado como quien agita por milésima vez la cantimplora ya vacía para sacarle otra improbable gota de agua, me pregunto qué hubiera sido tener un hijo con ella. O una hija, como hoy me parece que hubiera preferido. Al poco de comenzar en serio nuestra relación, es decir, de venirse ella a vivir conmigo en la casa de Triunfo, Pelo Cohete se quedó embarazada. De inmediato, con naturalidad realista desprovista de retórica ideológica, decidió abortar y yo lo asumí sin discutir, como casi todo lo que ella me proponía, aunque le indiqué que por mi parte, y si así lo prefería, no había problema en tener esa criatura. La verdad era que en aquella época, recién separado bastante traumáticamente de mi primera mujer, con un hijo pequeño del que me ocupaba menos de lo que debiera y cuya simple existencia me hacía sentir culpable, haber tenido otro hijo en condiciones más bien azarosas sí que hubiera sido problemático. Pero si ella hubiese querido, no habría dudado en aceptarlo. A tientas, sin confesármelo a mí mismo, sentía que con Pelo Cohete todo merecía la pena, que lo aparentemente más insensato a su lado se volvería razonable. Además, el aborto siempre me ha planteado íntimas dudas y desconfío moral e intelectualmente, por decirlo con suavidad, de quienes lo consideran un asunto zanjado que no merece la mínima inquietud. Por supuesto, estoy de acuerdo en que no es un delito ni algo que pueda o deba resolverse con el código penal, pero hay cosas que la ley no castiga y sin embargo continúan revolviéndose una y otra vez en la conciencia, como una comida demasiado indigesta no deja que nos olvidemos de ella. Cada cual debe resolver esa cuestión moral por sí mismo, sin la interferencia simplificadora de jueces o curas. A mi entender, la única razón que puede justificar el aborto es que nadie debe venir al mundo si ni siquiera sus padres están a favor de recibirle: bastante duro es el asunto cuando las condiciones son favorables, como para saltar al campo de juego teniendo de antemano todo en contra.

Pelo Cohete rechazó mis buenos pero torpes oficios y se fue sola a Francia para abortar. Allí tenía una doctora en la que confiaba, que años atrás, según me contó, le había hecho unos implantes mamarios y a la que acudía regularmente para hacerse revisiones. Nunca la conocí. Era parte de una serie de aspectos de su vida que ella sólo revelaba a medias incluso a sus más íntimos, como yo mismo. Igual que la luna, tenía una cara oculta hasta para quienes la admirábamos todas las noches. Recuerdo sus tremendos enfados cuando alguien pretendía ver su carnet de identidad, por buenos que fuesen sus motivos: los datos de ese documento no debían de ser muy fidedignos y sus alteraciones le recordaban su infancia irregular, los parches en fechas, lugares y apellidos con que debía encubrir el desinterés de su padre o la facundia en embustes de su madre. Nunca lo supe todo de ella, nunca pretendí saberlo, incluso me gustaban sus ariscos secretos, y siempre que tuve ocasión procuré demostrarle que a mí podía contarme lo que quisiera y callar lo demás, porque iba a quererla igual. De modo que se fue a Francia, volvió una semana después y nunca volvimos a hablar del asunto. Pero después de su muerte he pensado frecuentemente en él.

¿En qué hubiera cambiado nuestra vida tener un hijo (o una hija, el sueño que prefiero)? Sobre mis cualidades de padre no puedo hacerme ilusiones porque lo he sido ya sin demasiado acierto, combinando la histeria ultraprotectora con el descuido. Pero ¿y ella? Seguramente hubiera mostrado como madre la misma ternura brusca, incluso áspera, que demostraba conmigo y que tanto engañaba a quienes nos veían discutir o asistían a sus épicos enfados. Una ternura auténtica, incansablemente devota pero sin atisbo de empalago. Creo que habría sido eficaz en su tarea, como sabía serlo siempre que se ponía a ello porque hacía verdadera falta. Lo fue con mi hijo Amador, del que se ocupó con toda naturalidad cuando correspondía: lo mismo señalando antes que nadie un sarampión asintomático que los médicos no acertaban a diagnosticar, que ejerciendo autoridad racional cuando el chico pasó al final del bachillerato por una etapa difícil que podía haber ido a más (y que a mí me tenía descolocado). La verdad es que Amador siempre habló con ella con mayor libertad que conmigo: supo elegir. Pero no creo que ahora, en la etapa del desconsuelo, me hubiera ayudado mucho tener un hijo suyo... ni siquiera una hija, a pesar de que sobre esta última a veces fantaseo ilusiones. La sintonía intelectual y vital de los verdaderos amantes no la sustituye ninguna piedad filial. En la relación entre padres e hijos —en ambos sentidos— siempre el componente más importante es el *asistencial*, sólo entre los amantes prima lo *esencial*: a eso se ha llamado amor romántico, que hoy pone muy nerviosos a los pedagogos «avanzados», que previenen contra él a sus alumnos, espero que infructuosamente... Creo que es Aristóteles quien señala, con tino, que los padres siempre queremos más a los hijos que viceversa, porque los vemos (bastante equivocadamente, claro) como obra nuestra, mientras que ellos nos miran con resignación mezclada de rebeldía como una fatalidad impuesta a sus vidas. No, mis padecimientos actuales no se hubiesen curado con más hijos, ni siquiera con una hija que quizá me la hubiese recordado demasiado engañosamente. Aunque esta última posibilidad hubiera sido una dulce tortura.

Tengo que hablar, inevitablemente, de nuestra lucha conjunta —ella y yo, el *dream team*— contra el terrorismo y el nacionalismo avasallador. Traté el asunto en el capítulo «Zorroaga» de mi autobiografía *Mira por dónde*, pero de forma general y sin apenas referirme a ella salvo para contar un momento brioso que la define indeleblemente. Procuraré no repetirme aquí, porque no estoy descontento de cómo lo conté entonces: a mi estilo, si puedo hablar así, le va más el néctar de la alegría que el acíbar de la pesadumbre... Cuando nos conocimos, Pelo Cohete pertenecía por las aventuras de su pasado inmediato, su entorno amistoso, su entrega al euskera (mi breve intento de estudiarlo tuvo como profesor particular a quien entonces era su amante, cosa de la que me enteré bastante después, naturalmente) y la rebeldía radical de su carácter... al mundo *abertzale*. Me atrevo a decir que era más conscientemente política que yo: había llegado a sus conclusiones empujada por las privaciones y los esfuerzos de la vida que le tocó, no leyendo libros de Bertrand Russell o Marcuse en mi sillón favorito, como fue mi caso. En el fondo, a mí nunca me ha gustado la política como tal, sólo las rebeliones contra el matonismo, sea del orden o del desorden. Algunos simpatizantes me han dicho que de mí se podía haber hecho un buen político. Es posible, pero como se puede hacer un orinal con porcelana de Limoges: desperdiciando un material superior. Para mí vivir no es una experiencia política (he conocido otros casos y muy respetables en que lo era) ni tampoco económica o científica, sino poética. Unas veces épica y otras lírica, incluso dramática, pero siempre poética. Por eso nunca he podido ser realmente de un partido, pero en cambio soy capaz de enamorarme de veras. Por el contrario, ella comprendía la importancia social de la lucha política y por instinto se daba cuenta de que lo relevante no eran las siglas que conquistaban el poder, sino qué hacían desde allí por quienes no lo tenían y necesitaban su ayuda.

Cuando la conocí, su posición inicial sobre el tema del País Vasco se resume bien en una página que encontré rebuscando entre sus papeles cuando preparaba este libro. Evidentemente fue escrita para ser enviada a la prensa local, no sé si como un breve artículo o como carta al director (esto último me parece más probable). Ignoro si llegó a publicarse o no. Su tema es el caso de Yoyes, la dirigente etarra que renunció a la banda terrorista, volvió a España (1985) e intentó incorporarse a la vida normal y legal, tras haber llegado a un acuerdo con las autoridades españolas que excluía la delación de sus antiguos compañeros. María Dolores Catarain, *Yoyes*, se había licenciado en Filosofía y Sociología durante su estancia en México y quería doctorarse en nuestra Facultad de Zorroaga. Se matriculó en mi curso de doctorado, que aquel curso 1985-1986 versaba sobre el problema del mal en el Libro de Job, una coincidencia dramática. Pero no pudo acabarlo porque ETA la asesinó —supongo que para dar ejemplo a quienes quisieran seguir su camino— en septiembre de 1986, en la feria de Ordizia, cuando paseaba llevando de la mano a su hijo de muy corta edad. Pocas veces la mafia terrorista ha mostrado tan al desnudo su verdadera naturaleza totalitaria, su arrogante y feroz esencia criminal. Cuando la liquidaron, Yoyes tenía treinta y dos años, tres o cuatro más que Pelo Cohete, con cuya trayectoria biográfica guardaba algunas semejanzas que a ésta no podían dejarla indiferente. De hecho, al principio recibió esta calculada deserción con una simpatía que iba más allá de lo meramente personal para luego adentrarse en lo explícitamente político. Es lo que expresa el texto que transcribo a continuación, sin duda fechable en 1985, o sea, en los primeros años de nuestra relación.

El regreso de Yoyes

Yoyes, exmilitante de ETA y en su día miembro destacado de su dirección, ha vuelto. Los socialistas muestran su satisfacción a través del ministro del Interior, Barrionuevo, los del PNV por medio del senador Azkarraga, Ramón Jáuregui habla de la valentía de la exmilitante, la prensa del país y de *El País* habla a su vez de una mujer fuerte y responsable, receptiva ante planteamientos opuestos, demostrando —dicen— de esta manera su capacidad comunicativa, voluntariosa consigo misma y con los demás, no teórica pero siempre portadora de inquietudes culturales, dura e intransigente aunque al parecer tan sólo en los planteamientos políticos. Muerto o vencido el enemigo toca reconocimiento, ello debe ser así para que exista victoria. Aquellos con los cuales, al menos aparentemente, nunca nada compartió son los que hoy la aclaman y reconocen; en cambio, aquellos otros con los cuales se supone mantuvo esperanzas e ilusiones tan sólo mencionan la bajeza demostrada, su claudicación liquidacionista, la gran falta cometida al apartarse del redil y optar por una solución individual. Ella olvidó que, una vez dentro, el contrato es a muerte. Los unos se muestran implacables, los otros, sin embargo, dispuestos a perdonar lo que les echen, los enemigos se tornan amigos y los que amigos fueron, verdugos. Lo de Yoyes no resulta novedoso en esta plaga de falsos reconocimientos, odios y resentimientos que se extiende por Euskal Herria desde la llegada al poder de los socialistas: es tan sólo el caso más destacado, el mayor triunfo de los socialistas obtenido hasta ahora en materia de reinserciones. Triunfo que se ha visto crecido por la actitud justiciera intransigente adoptada por los refugiados vascos. Los socialistas continúan negando a este país una solución política cuyo primer e incuestionable paso es la salida de las desde siempre mal llamadas fuerzas de seguridad aquí especialmente odiadas; los segundos en su sempiterno «conmigo o contra mí» siguen expandiendo la tristeza, el sentimiento de culpa, cuando no el terror. El poder todos sabemos lo que es, pero de gentes que decidieron jugar tan fuerte y llevar una vida que algunos por experiencia propia la sabemos especialmente dura, esperábamos hubieran comprendido que infundir sentimientos de culpa nunca crea mejores individuos y menos aún colectividades. Es por ello que, a pesar de nuestros recelos, ONGI ETORRI Yoyes.

Este texto va firmado con su nombre pero con el apellido de su amiga Ana, que ya he mencionado anteriormente, al que sigue el número correcto de su DNI.

La postura política de Pelo Cohete era, como se ve, muy radical, pero también nada complaciente con ninguno de los bandos enfrentados. Sobre todo, ponía por encima de cualquier ampuloso interés colectivo el valor de la persona individual, machacado por los engranajes del poder con mando efectivo en plaza y de los aún más peligrosos que aspiraban a hacerse a cualquier precio con él. Mi actitud era más templada que la suya (nunca recuerdo haber suscrito el desdén por la democracia burguesa finalmente conseguida ni la simpatía por el paraíso soviético que formaban parte del ajuar de mis coetáneos), pero no mucho mejor orientada: también yo creía que los etarras eran más o menos el equipo angélico y las fuerzas policiales, adversarios forzosos de unas reivindicaciones que merecían ser atendidas. Algunos amigos que habían conocido a la Bestia por dentro, como Mario Onaindia, procuraban desengañarme («Te crees que los etarras son como los Verdes», se burlaba amablemente Mario), pero rebotaban contra mi acorazado buenismo: siempre he sido capaz de cambiar mis opiniones racionales por otras mejor argumentadas, pero en cambio me aferro obtusamente a mis *coups de coeur* ideológicos... El rapto primero y el asesinato después del ingeniero de Lemóniz, José María Ryan, pero sobre todo la fría y siniestra ejecución de Yoyes consiguieron abrirme definitivamente los ojos. Tanto a mí como a Pelo Cohete. A diferencia de mí, que seguía encadenado por las categorías tradicionales de izquierdas y derechas, ella siempre tuvo una mente mucho más abierta. Buscaba a quienes creía capaces de afrontar mejor los problemas y, sobre todo, a los (y las, porque enseguida el núcleo de la resistencia vasca contra el nacionalismo obligatorio estuvo formado por mujeres) que consideraba gente decente, en el normal sentido orwelliano de la palabra.

En aquel tiempo, finales de los años ochenta y los noventa, la complicidad inequívoca, aunque a veces ni siquiera premeditada, entre los nacionalistas del PNV y los radicales de ETA y sus servicios auxiliares políticos era indudable y estaba a la vista de todo el mundo que quería conocerla. Antes de que Arzalluz hiciera su afortunada metáfora entre los que mueven el árbol y los que cogen las nueces, todos los interesados en la cuestión sabíamos que la única discrepancia seria entre unos y otros era que el PNV no estaba dispuesto a repartir su cosecha de nueces con los violentos, por muchas ventajas que hubiese obtenido de sus procedimientos *non sanctos*. Estoy convencido de que muchos *jeltzales* sentían repugnancia y algo de miedo por los métodos de los terroristas, pero se beneficiaban sin mayores escrúpulos de ellos, lo mismo que esos financieros que hacen su fortuna gracias a gánsteres que los libran de sus rivales por medio de la intimidación o la fuerza, pero a los que no permiten manchar las alfombras de sus elegantes casas con las botas llenas de sangre y barro. En la Facultad de Zorroaga veíamos constantemente cómo se tejía esa complicidad en la que el nacionalismo llamado moderado ponía las ideas y ETA, las armas. La diferencia esencial, aparte de la práctica de la violencia, era que el PNV apostaba no tanto por la independencia como por la gestión indefinida del independentismo, pues sabían que la independencia efectiva es una fuente de problemas para quien tiene que afrontarla, mientras que el independentismo trae beneficios a sus gestores cuando se ofrecen como alternativa razonable a los violentos. En las aulas veíamos los habituales cronistas de una Guerra Civil entendida como cruzada de los «españoles» contra los «vascos» (en Cataluña se da el mismo planteamiento pero sustituyendo «vascos» por «catalanes»). Y prosperaban algunos teorizadores más locoides, como un supuesto antropólogo o cosa parecida que aseguraba que los vascos habían inventado las ciudades miles de años antes que los mesopotámicos: en efecto, vivían en cuevas, pero esas espeluncas estaban organizadas por salas y pasadizos que ya prefiguraban la configuración urbana.

Tanto Pelo Cohete como yo fuimos evolucionando desde nuestras primeras posiciones relativamente equidistantes entre nacionalistas y partidarios del Gobierno central (como se llamaba a los demócratas constitucionalistas por entonces) hasta tomar decididamente partido por estos últimos. El terrorismo, llamado de manera eufemística «lucha armada», era algo que condenábamos desde un comienzo sin remilgos, sobre todo ella, que conocía sus miserias y atropellos desde dentro mucho mejor que yo. Por los avatares de su biografía, el nacionalismo separatista y xenófobo le resultaba literalmente incomprensible; nunca he conocido a nadie menos *localista* que ella. Como se sabía a fin de cuentas forastera en todas partes, le salía de dentro la *xenofilia*, la simpatía espontánea por los que no son «de pura cepa», los que han llegado de fuera. Por supuesto, sin atisbo de antiespañolismo o antivasquismo: sólo le eran antipáticos los prepotentes, los arrogantes sin mérito, por pura presunción, fueran de la cepa que fuesen. Se burlaba cariñosamente de mi «ñoñostiarrismo» incurable, diciendo que era una pena que no me hubiera dado por el «abertzalismo», porque tenía madera...

Pronto comprendimos que no tenía sentido lamentarse de la situación sino que había que hacer algo, resistir y, si era posible, atacar. Yo le confesé que no estaba dispuesto a hacer tranquilamente carrera académica, como mis más próximos colegas, mientras echaba pestes en voz baja contra los abusos nacionalistas. Gozaba de cierta notoriedad en los ámbitos de la intelectualidad progresista y creía tener ideas suficientemente claras y razonadas para oponerme a la ideología de todo a cien de los apologistas o justificadores de la violencia. Mis ideas no eran todavía tan precisas como me ufanaba suponer, pero servían para plantar cara a la barbarie narcisista de los «chicos de la gasolina» (Arzalluz *dixit*) que también lo eran de la Parabellum y la dinamita. Pero sin el apoyo y la colaboración entusiasta de Pelo Cohete poco habría conseguido. Ella tenía más sentido político que yo y corregía a menudo mi tendencia retórica y mis arrebatos abstractos. Conocía muy bien el

La niña bravía.

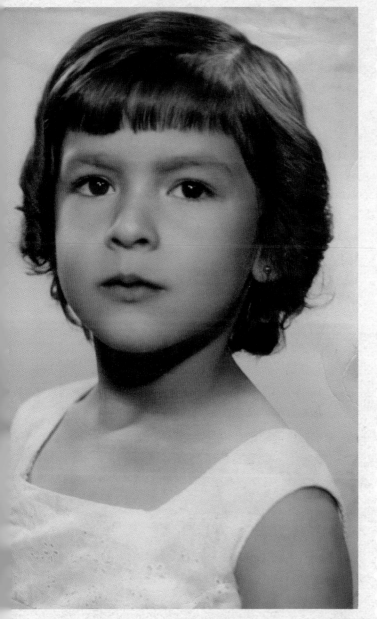

Con Antonia, mi madre.

Con Alfredo, su hermano.

La chica intrépida.

Los novios.

La montañera.

En Venecia.

En la Semana de Cine Fantástico
y de Terror que ella prohijó
con Álex de la Iglesia.

Con Sherlock Holmes, en el 221B de Baker Street.

La pareja romántica en Dublín, bajo la tutela de Oscar Wilde.

Con el profesor Moriarty.

La capitana pirata, cuyo barco fue el mundo.

LADY MACBETH

En el monumento a Shakespeare
— Stratford-upon-Avon —
junto a Lady Macbeth.

En "New York,
New York".

En Andratx,
Mallorca.

Así salíamos cada mañana
a pasear cuando estábamos en
San Telmo, Mallorca.

Con su mejor
amiga,
Ana Jimaz.

Con Clara y Maria, las hijas
de Maite Pagaza.

4. JOHN FORD'S POINT

En la Tierra
de
John Ford.

Con
The Duke.

En los Dolomitas.

En los acantilados de Dover.

En casa de Edgar Allan Poe,
en el Bronx.

Gero arte,
nere maitia!

Su cuarto, un lugar mágico
como ella.

Si por algún motivo
hubieras de recordarme, fuese al lado de aquello
que junto a la música
y el amor, es mi mayor
fuente de placer EL CINE.
Laurence Olivier, Orson Wells,
Joan Crawford, Anne Baxter
y películas como: Campanadas
a media noche, Queimme-
da, De aquí a la eterni-
dad, permanecerán incluso
cuando nosotros...

mundillo radical, leía sus publicaciones y veía en ETB los programas en euskera; en resumen, estaba al tanto de una información preciosa a la que ni yo ni la mayoría de los políticos constitucionalistas teníamos acceso o prestábamos atención. Gracias a eso yo solía estar bastante mejor orientado en mis artículos que la mayoría de los bienintencionados que tronaban todos los días contra ETA y Batasuna sin conocer más que la crónica de sucesos que protagonizaban. Pero no se limitaba a informarme, sino que me señalaba los temas de los que debía escribir; la mayoría de lo que publiqué entonces y luego se debía tanto a su agudo sentido de la oportunidad como a mi capacidad expresiva. Yo me encargaba de dar forma y fuerza literaria a las ideas que me proporcionaba. Como digo, formábamos realmente un *dream team*. Muchos años después, un amigo, probablemente exagerando, me hizo el mayor elogio que he recibido nunca: «Has sido la persona que más ha hecho contra el nacionalismo separatista en este país». Aunque se trate de una hipérbole, es perfectamente cierto que fuimos a nuestro modo *imprescindibles*. Digo «fuimos» porque no se trataba, como creía mi amigo, de una sola persona sino de dos.

Al comienzo, la actitud explícitamente contraria al terrorismo y al nacionalismo obligatorio (esta expresión es mía, como tantas otras, porque siempre se me ha dado bien encontrar el verdadero nombre de las cosas) era sin remilgos progresista, de izquierdas. Ahora, en vista de la degeneración actual que ha pasado a considerar «ilustración radical» al separatismo, resulta casi difícil de creer que la primera manifestación contra ETA (año 1978, tras el asesinato de José María Portell, el primer periodista víctima de la banda terrorista) la convocó el Partido Comunista de Euskadi. Figuras destacadas de la política y la intelectualidad vasca más progresista de la época, como Agustín Ibarrola, Ramón Recalde, José Luis López de Lacalle, Mario Onaindia, Ignacio Latierro, Eduardo Txillida, etcétera, encabezaron la resistencia contra los criminales salvapatrias y sus monsergas justificadoras. Faltaba aún bastante para que los partidos de izquierda comenzaran a simpatizar con los planteamientos antisistema *abertzales*, aunque pronto se atisbó la deriva en ese sentido. Si aquella primera manifestación contra ETA se hubiera convocado en el contexto de la degenerada izquierda actual, los habrían llamado provocadores de extrema derecha... En Madrid la cosa fue más rápida porque conocían peor lo que pasaba y para ciertos progres (algunos escribían en el mismo periódico que yo, *El País*) los etarras eran unos providenciales guerrilleros que nos habían librado de la «terrible» amenaza del almirante Carrero Blanco, delfín de Franco. ¡Cuánta lucidez! Cien Carreros no habrían supuesto para la incipiente democracia española ni la mitad de peligro que ETA y su influencia devastadora en el País Vasco.

En efecto, siempre me ha asombrado el despiste del resto de los ciudadanos españoles sobre lo que ocurría en mi desdichada patria chica. Todavía hace nada, cuando apareció la excelente novela *Patria* de Fernando Aramburu, la gente me comentaba como despertando de una larga siesta: «Pero ¿todo eso es verdad? ¿Tuvisteis que aguantar ese martirio?». ¡Y hay que ver la cara que ponían y aún ponen algunos cuando les digo que la famosa novela es mucho más suave y soportable que nuestra realidad cotidiana durante tantos años! Francamente, es difícil admitir que en este desconocimiento de lo que ocurría en su propio país no haya habido un cierto componente de mala fe, aunque la amplitud y hondura de la estupidez popular nunca deben menospreciarse. Pelo Cohete se esforzaba todo lo que podía para acabar con esa ignorancia radical y los malentendidos que propiciaba. Por un lado, estaba convencida de que los políticos constitucionalistas debían aprender a defenderse bien en euskera. Siempre estaba disponible para ayudar a los principiantes en el estudio de esa lengua nada fácil, fuesen sus amigas María San Gil y Vanesa Gómez o tantos otros. Además, como ya he dicho, seguía las publicaciones *abertzales* minoritarias (por entonces preparaba una tesis doctoral sobre Jon Mirande, uno de los mejores prosistas en euskera pero poco publicitado oficialmente por sus simpatías derechistas y por lo escabroso de alguno de sus relatos), recopilaba artículos y con paciencia admirable veía gran parte de los programas en euskera de ETB, fuesen debates, informativos, programas infantiles, etcétera. Eso le permitió preparar una cinta de vídeo con una antología de *highlights* nacionalistas que ilustraba bastante bien la cotidianidad que sufríamos en nuestra tierra. Recuerdo como pieza destacada un rap bailado por niños de ocho o diez años, encapuchados como alevines de etarras y con un estribillo que pedía con malos modales que los españoles se fueran de Euskal Herria... Copias de esa cinta, que era un formidable esfuerzo informativo sobre las bases propagandísticas del separatismo y el terrorismo, fueron enviadas a periodistas de los principales medios de comunicación tanto escritos como audiovisuales, sin respuesta ni resultado alguno. Maite Pagaza, colaboradora indispensable en todo ello, la ayudaba a preparar el material que habría de enseñar a los ignorantes lo que realmente pasaba en la siniestra Euskadi en la que vivíamos: «El objetivo era ayudar a preparar todo el material que Sara había recopilado: chistes de *Gara* y *Deia*, terribles. Artículos que dejaban claro el odio, no sólo por parte de los etarras, y el análisis de la programación de ETB, con todo tipo de perlas en VHS. [...] En realidad, los listados, la recopilación, el seguimiento de ETB, la idea, el impulso, todo fue suyo. Y era una gran idea». Pero las «fuerzas vivas» de la intelectualidad, la información y la política española no estaban por la labor: querían que les dejasen dormir tranquilos aunque, eso sí, no se privaban de dar consejos y prevenirnos contra el peligro de «crispación». Hoy, cuando escribo estas líneas en los últimos días de 2018, mantienen la misma actitud de avestruces cívicamente suicidas respecto a Cataluña.

También procurábamos transmitir lo que vivíamos y lo que sabíamos a los cargos públicos del Estado, a veces muy enterados de los movimientos criminales de la banda etarra pero mucho menos de la extensión social y cultural de su proyecto totalitario. Cuando Juan Alberto Belloch, al que habíamos tratado bastante tanto mi amigo Javier Pradera como yo mismo, ocupó el Ministerio del Interior durante la presidencia de Felipe González, nombró directora general de Seguridad a la magistrada Margarita Robles. Pelo Cohete y yo hablábamos mucho con Pradera de los acontecimientos del País Vasco y él estimaba en lo que valían las opiniones de ella, porque sabía que provenían de fuentes que la mayoría de los «expertos» ignoraban o pasaban por alto. De modo que Javier se empeñó en que mantuviésemos un encuentro personal con la señora Robles para ponerla al tanto de lo que sabíamos por experiencia que se fraguaba en el laberinto vasco. A este fin preparó un almuerzo al que asistiría la funcionaria, él mismo y nosotros dos. Yo acepté porque, a falta de mayores talentos, tengo buena voluntad y Pelo Cohete porque apreciaba mucho a Javier, a pesar de que detestaba los contactos institucionales salvo si iban orientados a acciones concretas de resistencia cívica. El almuerzo resultó un desastre y no precisamente por cuestiones gastronómicas. Desde el comienzo, intenté dejar claro que nosotros —sobre todo yo— no pretendíamos tener ninguna sabiduría especial sobre el tema del nacionalismo, sino que desdichadamente habíamos aprendido bastantes cosas a fuerza de tener que soportarlo, como el enfermo de cáncer termina sabiendo de su mal y por su mal a base de leer o preguntar sobre lo que le aflige. En aquel momento ETA desplegaba una ofensiva para extender su influencia en Navarra, reforzando la obsesión del nacionalismo vasco por asimilarse el antiguo reino cuya extensión territorial daría cierta verosimilitud a su pretensión independentista (hoy ya se ha conseguido en buena parte ese objetivo o está en vías de lograrse). Intentamos transmitir este y otros asuntos tomados de nuestra experiencia a la señora Robles, pero ella parecía más dispuesta a explicarnos lo que nos pasaba que a escucharlo de nuestros labios. Lo de Navarra, según ella, no le interesaba a ETA ni poco ni mucho. La flamante directora de Seguridad me pareció demasiado segura de sí misma, poco interesada en aprender y mucho en demostrar lo que sabía, casi todo de poco interés o equivocado; en fin, no muy inteligente, para qué vamos a decir otra cosa. La opinión de Pelo Cohete, que tenía más temperamento que yo, fue bastante peor y a cada momento me decía, y no en un susurro precisamente: «¡Vámonos, Fernan! ¡Pero vámonos!». Por consideración a Pradera, que lo estaba pasando mal, logré que aguantásemos hasta los postres, disimulando dentro de lo posible nuestro chasco.

Para luchar contra ETA y el nacionalismo que tanto se beneficiaba de su amenaza, yo tendía en general a buscar el apoyo de la gente de izquierdas, mi «familia» política natural. Me llevé grandes decepciones. Alguna vez he explicado que en mi relación con los dos hemisferios del mapa político no hay equidistancia, sino dos pulsiones —o, más bien, repulsiones— opuestas: de la llamada izquierda me repele mucho de lo que hace y bastante de lo que dice (especialmente en estos últimos tiempos), pero de la denominada derecha me distancia sobre todo lo que *es*. En la cuestión nacionalista, y no digamos en el tema del terrorismo, a mi ingenua beatitud gauchista le resultaba obvio que la izquierda debía estar radicalmente en contra. Creía imposible que un progresista obligado a vivir entre separatistas sintiera ideológicamente por ellos algo distinto a una santa animadversión, sobre todo en los inicios tan anhelados y frágiles del sistema democrático tras la inacabable dictadura, amenazado precisamente por la vesania asesina de los unos y el cazurro oportunismo desleal de los otros. Sin embargo me equivoqué, como tantas veces. Es cierto que muchas figuras destacadas de la izquierda antifranquista en el País Vasco fueron los primeros en enfrentarse a ETA y a su separatismo violento, como ya quedó dicho; pero muchos otros, supuestamente más radicales y en toda España, simpatizaron de manera encubierta o más explícita con la banda por su postura antisistema. ¡Como si fuese igualmente elogiable ser antisistema en una dictadura o en una democracia recién estrenada! Pues sí, para esos orates resultaba más o menos lo mismo, porque seguía mandando la burguesía capitalista, que era el verdadero enemigo. Los que miraban a través de la lente deformante de la vulgata marxista aprobaban cuanto zarandeaba al Estado, porque suponían que ello contribuiría a traer una democracia «popular» tipo Cuba o Albania; los terroristas inspirados por Sabino Arana (un personaje que se situó ideológicamente en su día un poco a la derecha de Gengis Khan) atacaban al Estado porque era España y les daba igual que fuese democrático o dictatorial; les bastaba saber que era España, nada podía ser peor. Y los más bobos de todos y, por tanto, los más abundantes (yo estuve al principio entre ellos, figúrense), sentían cierto aprecio por los separatistas en consideración de su pedigrí antifranquista. Tardamos en darnos cuenta de que, si bien la calaña de algunos de sus adversarios no exculpaba al franquismo de sus crímenes, tampoco los atropellos del franquismo podían blanquear ni los fines ni los medios de muchos de los que se opusieron a él. En particular, los socialistas parecían creer —¡y muchos siguen creyendo ahora, cuando escribo estas líneas!— que cediendo y gratificando constantemente al nacionalismo acabarían por convertirlo a las virtudes de la ciudadanía moderna e igualitaria. Se ha dicho que los dioses ciegan a quienes quieren perder, pero según mi experiencia, los demonios antidemocráticos cumplen esa tarea con mucha más eficacia.

Las concentraciones pacifistas de Denon Artean o Gesto por la Paz que se reunían en silencio después de cada víctima mortal, incluso aunque fuese un etarra caído en «acto de servicio», eran sin duda meritorias pero se mantenían en un terreno estrictamente moral —y por tanto privado, cuando no religioso— que a algunos no nos terminaba de convencer. Queríamos un movimiento abiertamente político, que reivindicase la Constitución y el Estatuto de Autonomía y que repudiase el nacionalismo obligatorio, siempre detestable aunque no fuese criminal. Así nació Basta Ya el año 2000 en que ETA reanudó su actividad terrorista después de una falsa tregua que ilusionó a los siempre «ilusionables». En los años anteriores, Pelo Cohete y yo habíamos pasado momentos bastante malos. Yo viajaba por el mundo, sobre todo por Hispanoamérica, mientras ella había comenzado a dar clases en Zorroaga, de estética (sobre todo cinematográfica) y en euskera. Nuestra mayor preocupación era mantenernos en contacto permanente. Hasta que aparecieron los teléfonos móviles, benditos sean, yo llevaba en los bolsillos tanta calderilla para hablar por los públicos que a veces andaba torcido, como un barco mal lastrado. Mi obsesión a todas horas, en todas partes, era oír su voz para saber que estaba bien (la prueba de que las cosas marchaban como es debido es que en cuanto cogía el teléfono me soltaba una de sus broncas, que ahora tanto echo de menos). En nuestra facultad, donde los presos etarras tenían tratamiento VIP y aprobaban las asignaturas de modo casi milagroso desde sus celdas, gracias a la complicidad o a la resignación de los profesores (me incluyo entre los menos heroicos), ella era de las pocas que no se prestaba a esos cambalaches.

Cuando asesinaron a Gregorio Ordóñez, Pelo Cohete y alguno más convocaron una reunión en Zorroaga de alumnos y profesores a los que apenas acudieron una docena de los primeros y dos o tres de los otros. En los tiempos de plomo del País Vasco, el *ranking* de indignidad ante el terrorismo lo encabezan sin duda los curas y luego los cocineros, guías intelectuales de un país dedicado al culto de los hisopos y las sartenes, pero los profesores de universidad, y sobre todo las autoridades académicas, no van muy rezagados... De modo que yo, desde la distancia, estaba seguro de que ella se hacía notar entre cobardes y mediocres, lo que me preocupaba. Había tenido dos intentos de agresión por la calle, que me contó a medias, y dentro de la facultad se nos dijo que era imposible asegurar su integridad física. Junto a otros profesores en la misma situación (amigos muy queridos como Mikel Iriondo, Carlos Gorriarán o Mikel Azurmendi), le ofrecieron como solución un discreto retiro pagado, es decir, quedarse en casa cobrando el sueldo y ser sustituidos por otros docentes menos decentes, más al gusto de los matones que imponían su amenaza con la mayor impunidad. Ella, que disfrutaba dando clase y fue pionera en nuestra universidad en utilizar el cine como instrumento pedagógico, nunca se repuso de la amargura de tener que abandonar las aulas. Dudo que entre quienes daban sus cursos en euskera hubiese muchos tan capaces y de criterio tan moderno, tan abierto a la espontaneidad juvenil.

Visto en retrospectiva, ahora estoy seguro de que ella sufrió más de lo que aparentaba durante esos años. Siempre estuvo hostigada por la miseria de la que provenía y sintió una necesidad de estabilidad y realización profesional que fuera una especie de revancha. El recuerdo de su paso por ETA también se le agigantó con el tiempo como un error más de su angustioso pasado. Tenía un carácter sujeto a íntimas borrascas de intensidad casi maníaca, que desconcertaban y asustaban a quienes la conocíamos porque volcaba su agresividad mucho más contra sí misma que contra los demás. Cada vez que se enfadaba conmigo (¡y cómo se enfadaba!, algunos aún creen que siempre estábamos peleando) yo sufría por ella, porque se hiciera daño fingiendo hacérmelo. Es propio de las almas anchas y profundas atormentarse: las tempestades ocurren en el mar, no en los charcos. Siempre he creído que una mujer de carácter invariablemente ecuánime no pertenece al género femenino sino al vacuno. Aunque eso me ha llevado a buscar la compañía de personas que no han hecho mi vida más fácil y a las que tampoco yo he sabido ayudar como habría convenido. Recuerdo el día de San Valentín (fecha de tradición ominosa) de 1996, cuando asesinaron en la Universidad Autónoma de Madrid a Francisco Tomás y Valiente. Paco y yo habíamos formado varias veces pareja complementaria en algunas charlas (aunque, naturalmente, su estatura académica era mucho mayor que la mía) para tratar cuestiones de terrorismo, compromiso político, etcétera, ocupándose él del enfoque jurídico y yo del ético. Con frecuencia se interesaba por las precauciones que yo tomaba en el País Vasco para protegerme (y que entonces eran iguales a cero, la verdad) y me reprendía amablemente por mi despreocupación. Como presidente que había sido del Tribunal Constitucional, él llevó durante mucho tiempo escolta; precisamente se la habían retirado al cumplirse el plazo preceptivo quince días antes de su asesinato. El primer día que se reincorporó a la cátedra tras su excedencia, el asesino Bienzobas entró en su despacho (en ese momento hablaba por teléfono con su colega Elías Díaz) y le disparó a bocajarro. Probablemente nada sabía de su víctima, autor del primer ensayo sobre la tortura en España y destacada figura progresista en la universidad durante el franquismo. Ese asesinato nos conmocionó especialmente a los universitarios, que hasta entonces creíamos casi de forma supersticiosa que dentro de los recintos académicos gozábamos de una especie de santuario. Yo estaba en Madrid cuando ocurrió el crimen y de inmediato telefoneé a Pelo Cohete para contarle con voz entrecortada la tragedia. A diferencia de la mayoría, ella nunca había creído que las aulas ofreciesen ningún tipo de protección real, más bien le parecía que todo lo contrario, de modo que sus primeras palabras fueron nerviosamente coléricas: «¿Ves? ¿Qué te había dicho?». Pero de inmediato su corazón la venció, se puso a llorar —ella, tan valiente, tan enérgica— y me repitió varias veces sollozando: «¡No quiero que te pase nada! ¡Por favor, que no te pase nada!». Aunque yo también lloraba por mi amigo y amable maestro, sentí un calorcillo reconfortante por dentro al oírla. Y es que, como dijo Goethe, «da más fuerza saberse amado que saberse fuerte».

La primera manifestación de Basta Ya fue en febrero del año 2000, sin presentarse a la ciudadanía como reacción a ningún atentado inmediato. Esto era un cambio que rompía con muchos prejuicios, pero despertaba cierto escándalo: ¡una manifestación que no expresaba en primer lugar una protesta sino un apoyo, una adhesión!, ¡y nada menos que a la Constitución española y al Estatuto de Autonomía —y sólo de Autonomía— que no se entiende sin ella! Oponerse a ETA y sus crímenes puede explicarse apelando al quinto mandamiento, a la compasión, al pacifismo... Pero ¿cómo justificar el apoyo a la Constitución y el Estatuto? Pues sólo reivindicando la ciudadanía española, la única de curso legal, la que nos quería prohibir ETA ayer por la fuerza de las armas y tanto ayer como hoy el nacionalismo vasco con sus cazurrerías carlistas. Esto fue un salto muy grande hacia delante, a todos nos daba miedo plantearlo a las bravas, procurábamos referirnos a él en voz baja o por medio de perífrasis. Todavía en nuestra primera manifestación, bajo un aguacero impresionante (de los mayores que he visto, ¡y mira que he visto llover en Donosti!), nos atrevimos a sacar por primera vez una pancarta que decía: ETA EZ – ETA NO, nada de «No a la violencia» o «Paz para todos», y otra aún más explícitamente política: POR LO QUE NOS

189

UNE: ESTATUTO Y CONSTITUCIÓN, pero no fuimos capaces de llevar banderas españolas, que era una forma de decir lo mismo pero con menos palabras. ¡Cuánto nos costó aceptar lo que había que defender y aprender a defenderlo sin remilgos! Lamento decir que no fui el más madrugador en enterarme, aún llevaba mis prejuicios izquierdistas como una especie de acné juvenil...

Basta Ya no tenía estructura jerárquica, ni organigrama, ni un tesorero que llevara nuestras cuentas ni tampoco cuentas que llevar. Era un fenómeno intermitente, como la aurora boreal: cuando estábamos en la calle manifestándonos, ahí existía Basta Ya; cuando nos disolvíamos y cada cual se marchaba a su casa, Basta Ya desaparecía —o entraba en letargo— hasta la siguiente convocatoria. Sólo *éramos* cuando salíamos a la calle y nos poníamos en acción. Lo demás consistía en preparativos llevados por voluntarios. Nuestra primera manifestación, aquel día de febrero en que llovió tanto, la hicimos a contrapelo de todo lo anterior. No teníamos ni idea de cuánta gente acudiría, incluso reinaba el fundado temor de que posiblemente no seríamos más de un par de docenas. Sólo había una cabecera de la marcha, formada por las víctimas. Detrás, todos a la buena de Dios, sin jerarquías. También hubo que convencer a bastantes de las víctimas para ocupar la delantera y llevar las pancartas, que consideraban demasiado «políticas». Estaban acostumbradas a ser representantes de la ética, de la pura dignidad del dolor, y verse de pronto envueltas por el pegajoso sudario de la política, aunque fuese de la política más inclusiva y menos sectaria (o sea, constitucional), les parecía casi traicionar su misión. Finalmente, todo transcurrió según lo previsto salvo por el número de participantes, mucho mayor de lo esperado pese a la inclemencia del tiempo y lo nuevo del planteamiento reivindicativo. Por primera vez cerraron muchos comercios de San Sebastián porque sus propietarios y dependientes se incorporaron a la marcha. No hacía falta preguntarse qué se iba a conseguir a medio o largo plazo con nuestra demostración: era un fin en sí misma, que devolvía a los participantes la alegría —por momentánea que fuese— de ser ciudadanos activos y no simples vasallos sometidos bajo la bota humillante del terror. Pero el terror continuaba allí. Pocos días después de la manifestación, ETA asesinó con un coche bomba al vicepresidente del Gobierno vasco, el socialista Fernando Buesa (uno de los políticos más solventes del panorama autonómico) y a su joven escolta, Jorge Díaz. Después, en los meses sucesivos, fueron asesinados el periodista López de Lacalle y Juan María Jáuregui. En septiembre, pocos días antes de la segunda manifestación de Basta Ya (que fue la mayor que nunca se ha celebrado en San Sebastián y también probablemente la mayor realizada en el País Vasco no convocada por nacionalistas), el socialista Ramón Recalde recibió un disparo en la cara que le dejó gravemente herido. Por último, a finales de noviembre, ETA asesinó en Barcelona a Ernest Lluch, que fue ministro en el Gobierno socialista de Felipe González, pasaba temporadas en el

País Vasco y mantenía una postura de diálogo con los nacionalistas esforzadamente comprensiva. En diciembre de ese año, el PSOE y el PP firmaron el Pacto Antiterrorista, la toma de postura más enérgica desde hacía mucho tiempo contra los terroristas y también contra sus servicios auxiliares políticos. El PNV, bueno es recordarlo, se lo tomó muy a mal y no lo suscribió. Desde luego, ese pacto nunca hubiera tenido lugar sin las intervenciones públicas de Basta Ya, de modo que sin duda algo conseguimos... además de convertirnos en objetivo prioritario de los asesinos.

Nos íbamos acostumbrando a vivir acompañados de escoltas. El primero que tuve fue uno privado que insistió en ponerme Jesús de Polanco, que fue siempre un patrón muy generoso conmigo, cuando asesinaron a Tomás y Valiente. Se llamaba Juanjo (se seguirá llamando, supongo; le mando un abrazo) y me acompañaba a la Facultad de Filosofía de la Complutense en Madrid, donde daba clases después de marcharme de Zorroaga. Se portaba como uno de mis mejores alumnos, tomaba notas en las clases y recordaba a los que faltaban más que él cuál había sido el tema de la lección anterior. Pelo Cohete dudaba sin mejores razones de su tarea de vigilancia. «Más que protegerte, está haciendo un máster contigo», me decía, medio en broma, medio en serio. Después tuve otros muchos escoltas, ya de la Policía Nacional, y sólo cosas buenas puedo contar de todos ellos: amables, pacientes, siempre bien dispuestos a soportar mis pequeñas o no tan pequeñas manías.

Hasta me tocó en suerte a veces una policía joven y guapa, con la que me encantaba que me vieran paseando por la calle para presumir. También llevó escolta Pelo Cohete, tras sus amagos de agresión en la calle de los que se libró gracias a su coraje... y a su ligereza de pies. El suyo se llamaba Juan Carlos y era un muchacho extremeño más bueno que el pan, al que ella solía poner a prueba con cierta malicia: por ejemplo, entraba en una tienda y le decía perentoriamente que la esperase fuera; después se escabullía por otra puerta lateral, se le acercaba por detrás y le sorprendía con una palmadita en el hombro: «Nada, en las nubes... Y si yo fuera el comando, ¿qué?». A pesar de esas perrerías, el chico la quería mucho y hasta hicimos viajes juntos por Extremadura, buena tierra que a Pelo Cohete le gustaba cada vez más. Aunque hacía años que ya había acabado su servicio, Juan Carlos apareció por el tanatorio cuando velábamos a su antigua y díscola protegida. Creo que era el único allí que lloraba más que yo.

Basta Ya fue un punto de reunión *activo* de gente buena que provenía de todos los rincones del llamado «espectro político» (que a veces lo es, espectro del mal). Todos nos tratábamos con perfecta camaradería, sin otra mención a nuestras diversas ideologías políticas que la indispensable para gastarnos bromas. Claro que entonces nuestras socialistas eran Rosa Díez y Maite Pagaza, al PP lo representaban María San Gil, Olivia Bandrés y Vanessa Gómez, nuestro hombre en CC.OO. era Juan Luis Fabo, etcétera. Nos unía una voluntad evidentemente progresista, es decir, regeneradora: sublevar cívicamente a los ciudadanos contra el separatismo xenófobo (todos lo son, en todas partes) y además violento que padecíamos en el País Vasco y que se extendía por el resto de nuestra democracia. A las manifestaciones de Basta Ya, a partir de septiembre del año 2000, se incorporaron personas que procedían de todas partes de España. Les movía el sentimiento de lo esencial, de que allí se estaba librando la lucha más necesaria y menos éticamente ambigua de las que debíamos afrontar. Visto retrospectivamente, Basta Ya sirve como la prueba del algodón para saber quién fue de verdad un militante progresista y quiénes se limitaron a adoptar posturitas para caer bien ante la vocinglera jauría de radicales de pacotilla. Una persona que hoy tenga más de treinta y cinco años, si no estuvo en ninguna manifestación de Basta Ya —salvo que se lo impidieran causas de fuerza mayor—, puede caracterizarse de muchos modos, casi todos peyorativos, pero nunca como progresista. Y si en esos días o en los inmediatamente posteriores aprovechaba para reunirse con los *abertzales* más pedernalescos y ante ellos elogiar la intuición política de ETA, como hizo Pablo Iglesias, podemos agravar tres o cuatro puntos el diagnóstico aciago.

Por lo demás, en nuestras huestes misceláneas no faltaban las escenas dignas de haber sido grabadas con cámara oculta, como las broncas cariñosas que Pelo Cohete propinaba al entonces señor ministro del Interior, Jaime Mayor Oreja (sólo regañaba a las personas que quería, o al menos eso espero, ¡por lo que me toca!). La recuerdo un día dándole la teórica sobre la perfecta normalidad de la homosexualidad y las razones por las que no debía escandalizarse de ella: «Venga, Jaime, tienes que ser menos de derechas...», y el bueno de Jaime la escuchaba con resignada atención y una media sonrisa. Ese ambiente de reconciliación de diferentes, nada crispado, lo conseguimos también en los primeros años de UPyD, el partido que sin medios ni apoyo mediático quebró realmente el bipartidismo en la política española, además de dar tantas ideas que después otros relanzaron como propias. A Pelo Cohete le costaba acostumbrarse, cuando salíamos de nuestro *txoko*, a la animadversión casi programática entre los grandes partidos que reinaban el cotarro estatal. Por ejemplo, años más tarde, cuando pasamos bastantes horas en la casa en que agonizaba nuestro amigo Javier Pradera, ella salió espantada del sectarismo de la mayoría de las conversaciones que escuchó allí entre los que entraban y salían de la triste reunión. Yo ni lo notaba, porque en ese mundillo «progre» partidista a rabiar me he movido toda mi vida. Puede que cuando se reúnen conservadores y derechistas pase lo mismo, no lo sé porque no los he frecuentado tanto. Por lo que puedo leer en sus medios de comunicación, sobre todo digitales, yo diría que sí. La derecha difícilmente me puede ya decepcionar, en cambio la izquierda sí. Y, al menos en España, uno de los mayores problemas del normal funcionamiento político del país es que los representantes intelectuales y morales de la izquierda nunca han podido ver la alternancia de la derecha en el Gobierno con normalidad: para ellos siempre ha sido una especie de usurpación, algo más o menos fraudulento o al menos radicalmente injusto. ¡Y eso lo venimos arrastrando desde el 34 del siglo pasado, con una guerra civil entre otras malas consecuencias! Pues bien, a falta de otros logros que las circunstancias no nos concedieron, aunque lo conseguido no fue poco, el paso por Basta Ya y luego por UPyD logró inmunizarnos a bastantes contra el virus letal del mundo visto como izquierdas contra derechas en lugar de alinearnos con los defensores de la ciudadanía española de uno y otro signo contra quienes pretendían (¡y pretenden!) acabar con ella. Aplíquese en la actualidad al caso catalán.

El suceso más trágico que Pelo Cohete y yo sufrimos durante la etapa de Basta Ya fue el asesinato de Joseba Pagazaurtundúa. Joseba era uno de los miembros más activos en la preparación de nuestras manifestaciones: los globos coloreados que repartimos en varias marchas fueron invención suya, entre otras que maximizaban con ingenio nuestra escasez de medios. La trayectoria de Joseba tenía un punto importante de contacto con la de ella, pues a los dieciséis años se afilió a ETA, para después dejar la banda y hacerse primero de Euskadiko Ezkerra y después del Partido Socialista. Fue un policía muy competente y gracias a él se detuvo a varios miembros del Batallón Vasco Español y también a un comando de ETA. Los terroristas le hostigaban con esa ferocidad especial que reservan para quienes han pertenecido a sus filas y luego se han alejado de ellas. Joseba sabía que estaba en el punto de mira de la mafia etarra, por lo que pidió que le trasladaran de Andoain, una de esas lúgubres localidades guipuzcoanas llenas de cómplices no siempre pasivos de los criminales (allí habían asesinado poco antes a José Luis López de Lacalle, amigo suyo) en la que fue jefe de la Policía Local. Desgraciadamente, no le hicieron caso. Pero, además, Joseba era hermano de Maite, a quien también considerábamos como hermana nuestra Pelo Cohete y yo. No había nadie entre los muchos excelentes amigos que teníamos en Basta Ya a quien quisiéramos más. Yo acababa de bajarme en Barajas del avión de San Sebastián aquel 8 de febrero fatídico (¡otro maldito febrero!) cuando sonó mi teléfono: un compañero me informó algo confusamente de que acababa de ocurrir un atentado y que la víctima podía ser Joseba. Intenté comunicar con Pelo Cohete, no lo conseguí, y sin salir del aeropuerto saqué una plaza para el vuelo de regreso a Donosti. Llegué a tiempo de vivir la última parte del drama. Joseba había sido tiroteado a traición esa mañana cuando desayunaba como cada día en el bar Daytona de Andoain, pero no estaba muerto. En estado gravísimo, permanecía en la UVI del Hospital Donostia. Allí lo acompañaron hora tras hora Titi, su mujer, sus hermanos Iñaki y Maite, con Pelo Cohete; nadie más. El resto de los compañeros de Basta Ya, capitaneados por José Mari Calleja, que era bastante más útil que los demás, esperábamos fuera, atendiendo a los amigos que venían a interesarse por él y también a los representantes políticos que se pasaron por allí. Había que impedir al aparato del Partido Socialista que se apoderara del Joseba víctima al que no protegieron cuando podían y debían, y también marcar las debidas distancias, no reñidas con la educación, respecto a otras figuras cuya complicidad con quien había atentado contra nuestro compañero nos parecía fuera de toda duda. Cuando se presentó el *lehendakari* Ibarretxe, fue Iñaki, en representación de la familia, quien le agradeció su presencia y su interés, pero le dijo que aquel espacio estaba reservado para los amigos y que él no era considerado uno de ellos. Lo mismo se le hizo saber al repelente obispo (valga el pleonasmo) Uriarte, que por lo visto se lo tomó muy a mal. De Batasuna sólo aparecieron algunos familiares de Titi y del propio Joseba, pues en las familias vascas siempre ha habido gente de todo pelaje político, y fueron instalados en una sala aparte para evitar malos rollos con los demás. Naturalmente, no se personaron cargos públicos *abertzales*, y digo «naturalmente» porque el pleno del ayuntamiento de Andoain, reunido apresuradamente para la ocasión y con alcalde y mayoría batasunera, se negó a condenar el crimen (¡el asesinato del que había sido jefe de su Policía Local!), limitándose a lamentarlo y a echar la culpa al «conflicto», es decir, a quienes se resistían a sus exigencias totalitarias... como hizo el propio Joseba. Cuando por fin nuestro compañero, nuestro amigo, nuestro hermano murió sin recobrar el conocimiento, Pelo Cohete y yo sentimos que para nosotros no había sido otra muerte más, de esas a las que lamentablemente nos íbamos acostumbrando. Esta víctima nos sublevaba de una manera especial, inacababable. A partir de ese día, y durante muchos años, cada 8 de febrero nos hemos reunido en Andoain en torno a una garita esculpida por Agustín Ibarrola («La casa de Joseba», así se titula) para recordarle, pero sobre todo para no olvidar por qué y contra qué hemos luchado, y cómo debemos seguir luchando para que no venza lo peor por desistimiento de lo bueno. En esas concentraciones de Andoain se han reunido cada año las personas que no se dejan intimidar ni sobornar, las que no creen tener derecho a cansarse porque otros les digan: «Ya habéis cumplido, son nuevos tiempos, no hace falta insistir más». Nunca hemos pasado lista, pero a quien les cuente que él defiende más que nadie a los oprimidos aunque nunca haya tenido tiempo de ir a Andoain... pueden decirle de mi parte: «Mira, ¡que te den!».

Cuando escribía esta página pregunté a Maite qué recordaba del papel que Pelo Cohete tuvo en esa jornada angustiosa de la agonía y muerte de Joseba. Transcribo parcialmente su respuesta: «Yo creía cuidar de Titi. No sé cuántos espejismos debí vivir en ese tiempo borroso pero imborrable. Sara nos cuidaba con ternura. Con un cuidado extremo. Dejándose la piel para respetar cada segundo, cada decisión, sin interferir ni manipular, sin lugares comunes, sin añadir dolor en las heridas terribles, entonces. Sólo una persona libre y consciente es capaz de tanto respeto. No sé en qué momento se unió a mí, pero aquellas noches —recuerdo sobre todo la primera— sin ella no las habría soportado. Cuando terminaba el día, infinito, interminable, después de animar a decenas de amigos, sin llorar, porque necesitaban ver serenidad. No podía dormir, ni relajarme, sólo pensaba que no podría soportar el dolor de respirar, de comer, en adelante. En casa de Calleja, cerrábamos la puerta del dormitorio prestado y yo empezaba a llorar, entonces lloraba desconsolada. Y si yo no cerraba los ojos, Sara tampoco. Y si necesitaba su mano, estaba. Y si necesitaba un abrazo, estaba. Y entonces Sara era mi madre, mi hermana, Sarita. Con una generosidad y una entrega absolutas. Los días y las noches cuidando. Y el vínculo sigue ahí. [...] Sara, de la misma manera que llegó para cuidarnos, especialmente a mí, se fue sin hacer ruido cuando regresé a casa».

Tres años después de comenzar su andadura caballeresca, tras haber recibido el premio Sajarov a la defensa de los derechos humanos otorgado por el Parlamento Europeo, Basta Ya comenzó a repetirse y a perder la frescura inicial de sus convocatorias. Pero aún le faltaba una última aventura potente y original. Su promotora fue Pelo Cohete. Planeó un viaje a través de España, puesto que la amenaza totalitaria del terrorismo y el separatismo étnico iba contra el país entero, que partiese de San Sebastián —*noblesse oblige*— y llegase hasta la cuna de la primera Constitución para que los españoles fuesen libres e iguales: Cádiz. Pese a nuestra crónica ausencia de medios (enfermedad incurable, pues no hemos nacido para recaudar fondos ni hacer negocios), fletamos un estupendo autobús cuyo exterior fue decorado con su talento habitual por Alberto Corazón. Ya sé que a partir de entonces y hasta hoy se han multiplicado los autobuses de agitación política, hasta el punto de que ahora no hay campaña electoral sin ellos, pero el de Pelo Cohete fue el primero, ella dio la idea. Nuestro plan era descender hacia el sur, parando en las ciudades importantes pero también en otras más pequeñas, incluso pueblos si se terciaba. Así lo hicimos. La tripulación de este «autobús de la libertad» la formaron, junto a algunos de los miembros más reconocibles de Basta Ya, víctimas del terrorismo, políticos de los partidos constitucionalistas (es decir, no nacionalistas) y un par de periodistas. No todos hicieron el viaje completo, como Pelo Cohete, yo y pocos más; la mayoría se incorporaban al viaje en un punto y lo dejaban en otro, a veces para volver a subirse al bus unos cientos de kilómetros más allá. Eso aseguraba la renovación permanente y la frescura de ideas de nuestro pequeño escuadrón. En cada localidad, fuese mayor o menor, lo primero que hacíamos era parar en un lugar céntrico y concurrido para atraer al público, como titiriteros de un nuevo cuño: juglares de la democracia agredida. Charlábamos con los transeúntes, repartíamos panfletos explicativos de lo que ocurría en el País Vasco, a veces improvisábamos un mitin callejero y arengábamos con más humor que truculencia a quienes querían escucharnos. Para terminar, solíamos ir al ayuntamiento a personarnos ante las autoridades municipales para presentarles nuestros respetos y solicitar su ayuda. Hay que decir que en todas partes nos acogieron con interés y hasta con afecto, tanto la gente de la calle —mejor dicho, especialmente la gente de la calle— como también los prebostes, fueran populares o socialistas, incluso de Izquierda Unida (Rosa Aguilar, alcaldesa de Córdoba). Pero donde realmente la población se volcó y mostró un entusiasmo que nos emocionó a todos los expedicionarios fue en Cádiz. Desde que llegamos a la ciudad las muestras de interés y afecto que recibimos por parte tanto de la gente sencilla como de las autoridades fueron constantes. Y el acto de cierre de nuestro viaje en el precioso escenario barroco del Oratorio de San Felipe Neri, tan cargado de remembranzas constitucionales, fue reconfortante para quienes más habían sufrido y también para los que tantas veces nos habíamos sentido algo olvidados por el resto de nuestros compatriotas. Por la noche, cansados y pletóricos en nuestra habitación del hotel Atlántico, ella me miró con la sonrisa entre satisfecha y vacilante que yo le conocía bien: indicaba que estaba contenta pero no quería echar las campanas al vuelo, porque nunca se sabe del todo, porque nada sale del todo bien... ni en el mejor de los casos. Entonces le dije: «¡Bravo, cariño!». Y se lo repito ahora, desgarrado: ¡bravo, bravo!

Maite Pagaza, a la que he pedido información antes transcrita sobre las difíciles horas que pasaron juntas durante la agonía de su hermano, vuelve a escribirme. Me recuerda qué bien lo pasaban sus dos hijas mientras fueron pequeñas en nuestra casa, sobre todo cuando celebrábamos las fiestas navideñas. Pelo Cohete escondía regalitos para ellas por todas las habitaciones y yo componía unos ripios humorísticos de circunstancias para orientarlas en su búsqueda. Imposible saber quiénes disfrutaban más, si las niñas o los mayores. Maite lo rememora así: «Para las niñas era un ser fascinante. Sara Monstruos. Ninguna casa estaba decorada con manos que te atrapan si vas a coger un caramelo o con murciélagos que te reciben al entrar revoloteando sobre tu cabeza. Las otras amigas de su madre no se disfrazaban de pirata ni las chinchaban con humor para que no fueran ovejas, sino seres con criterio. Nadie fue tan proteico en los regalos de su infancia: libros, las mejores películas, objetos sorprendentes y amor a los personajes fascinantes. Búsquedas del tesoro con adivinanzas... Ahora, nuestra casa en Logroño recibe a los visitantes con sus figuras. Es una declaración de intenciones». Maite me adjunta un dibujo muy infantil y delicioso que no sé cuál de las dos pequeñajas haría, si Clara, la mayor, o María, a la que llamábamos «María Basta Ya» porque asistió a nuestras manifestaciones antes de nacer, ya que Maite estaba embarazada de ella en el año 2000. Bajo el rótulo «CINE» en mayúsculas, muestra una gran pantalla por la que corren unos caballos que también podrían ser hormigas gigantes (o conejos de nuevo cuño), pero otro cartel aclara el asunto: «Los caballos galopan», de modo que no quepan dudas. Dos figuras flanquean la pantalla a derecha e izquierda, espectadores privilegiados: una, titulada «Fernando», dice «qué guai»; la otra es «Sara» y dice «uau». Así quiero imaginarnos para siempre, juntos y extasiados en el cine de los niños.

Epílogo

NUEVE MESES

Qué sencilla es la muerte: qué sencilla
pero qué injustamente arrebatada.

Miguel Hernández

Entre nosotros nunca existirá la palabra
«adiós».

Ringo Kid a Dallas
en *La diligencia* de John Ford

Sara Torres Marrero, mi Pelo Cohete, falleció a las tres y diez de la madrugada del 18 de marzo de 2015, en la habitación 414 del hospital de Donostia, edificio llamado «del Tórax». Terminaba así una tortura de nueve meses de esfuerzos clínicos tratando de rescatarla de un tumor cerebral de la variedad más agresiva, que es también la más frecuente. Con su franqueza y honradez habituales, George Orwell, que había conocido a lo largo de su vida varios escenarios bélicos, declara: «La gente habla de los horrores de la guerra, pero... ¿qué arma de las inventadas por el hombre se acerca tan siquiera a la crueldad de algunas de las enfermedades más comunes?» («Cómo mueren los pobres»). Puedo atestiguar que Sara, una mujer envidiablemente fuerte y razonablemente sana hasta ese momento, fue destrozada sin piedad por una fiera anónima brotada dentro de ella y peor que cualquier herramienta de muerte fabricada por manos humanas. Tenía sólo cincuenta y nueve años, de los cuales había pasado treinta y cinco a mi lado. Nada pude hacer para salvarla, aunque intenté cuanto la ciencia aconsejaba en casos como el suyo. Aún maldigo mi bienintencionada torpeza y me estremezco de horror al recordar esos nueve meses en los que la vi luchar con coraje inigualable y perecer con esa indomable rebeldía de la que tenía el secreto. Ya no puedo recuperarla ni recuperarme de su pérdida, pero intentaré al menos recordar aquí su calvario.

Sucedió así.

Yo estaba ya jubilado y había logrado convencerla de que renunciase a volver a ocupar su puesto en la universidad, pese al final de la violencia etarra; estaba seguro de que la institución no la merecía y de que, en un modo u otro, allí los indeseables que tanto abundaban se las arreglarían para fastidiarle la vida. Era mejor que nos dedicásemos a hacer algo juntos, más creativo y personal. Pocos años antes habíamos participado en una serie de documentales para televisión llamada *Lugares con genio* de la productora argentina Tranquilo. Consistía en visitar las ciudades donde habían vivido y creado grandes escritores: el San Sebastián de Pío Baroja, el Buenos Aires de Borges, la Lisboa de Pessoa, la Florencia de Dante, etcétera, hablando tanto del autor como de su entorno más significativo. Nos había gustado la idea aunque la forma de realizarla nos dejó insatisfechos; pagamos la novatada, como suele decirse. Planeamos hacer una segunda parte más a nuestro gusto, mejor documentada, con autores que nos fuesen especialmente amados, etcétera. Pero la crisis económica había recortado drásticamente las inversiones culturales y no encontramos patrocinador para nuestro proyecto. De modo que decidimos hacer primero un libro que quizá luego pudiera convertirse en programa de televisión. Pero no un libro corriente, de esos que cualquiera puede bajarse a cachos por internet sin pagar derechos. Sara quería un libro que en sí mismo fuese un objeto artístico: cada autor llevaría un cómic sobre su figura y mapas en los que pudiera rastrearse su vida, fotografías, carátulas... En una palabra, una nueva forma de leer que propusiera también otra forma de viajar. Yo tenía que encargarme de escribir los textos, a partir de dosieres muy minuciosos preparados por ella y de la propia experiencia de nuestro viaje, mientras que la parte gráfica la dirigiría Sara con la colaboración de Anapurna, una joven ilustradora de talento. La empresa nos brindaba una incomparable oportunidad de viajar juntos y así recorrer Recanati y Nápoles en busca de Leopardi, el sur de Inglaterra tras Agatha Christie o la Normandía de Flaubert, entre otros. Fueron los últimos días inmaculadamente felices de nuestra vida en común, disfrutando de la afición literaria que compartíamos, pero sobre todo el uno del otro.

Cuando nos tocó hacer Valle-Inclán nos las prometimos muy felices. No sólo era uno de nuestros escritores favoritos de todos los pesos y categorías (especialmente mío, ella lo había leído menos), sino que además nos brindaba la ocasión de recorrer Galicia, una de las tierras más bellas de España y de Europa. Por eso habíamos reservado los primeros días de julio para nuestro viaje, esperando poder practicar sus hermosas playas de aguas tonificantemente frías. Llegamos al aeropuerto de Santiago y enseguida Sara descendió del avión con una maleta pequeña en la mano derecha y una bolsa de peso considerable que pendía de su hombro izquierdo. Cuando íbamos a subir al taxi me dijo: «Ay, por favor, quítame la bolsa del hombro. Debe de haberme pillado una tira del sostén y me está dando un calambre en el brazo». Así lo hice y me volví para prestar atención al taxi, en cuyo maletero estábamos colocando el equipaje. Ella protestó: «¡Venga ya, quítame el bolso!». Yo le dije que ya lo había hecho y ella, mientras se frotaba el antebrazo, murmuró: «Pues no sé, noto que lo tengo ahí, aún me molesta». Por un momento, de forma muy fugaz, recordé un incidente sucedido cuarenta y ocho horas antes en nuestro refugio mallorquín de San Telmo: estábamos lavando los platos, que ella me pasaba para que yo los secase, cuando se le escapó uno que pude coger al vuelo. «No sé qué me ha pasado —se excusó ella—, parece que tengo esta mano tonta.» Me olvidé de inmediato del asunto, que a mí me pasaba cada dos por tres aunque a ella nunca antes, lo mismo que en cuanto salimos del aeropuerto de Santiago me olvidé del incidente de la bolsa. Nos alojábamos en el balneario de La Toja, precioso lugar del que yo guardaba un cálido recuerdo infantil porque siendo pequeño había estado allí con mis padres. Dedicamos esa jornada y parte de la siguiente a cumplir nuestro itinerario valleinclanesco: Villanueva de Arosa, Pontevedra, etcétera, y todo transcurría tan gratamente como habíamos anticipado. Recuerdo en particular nuestra primera noche en La Toja, cenando en el restaurante del balneario. Se nos había incorporado nuestro amigo José Luis Merino, los platos eran excelentes y un conjunto interpretaba canciones antiguas, sentimentales, tanto del repertorio español como hispanoamericano y muy conocidas, cuya letra anticipábamos nosotros en voz baja con suspiros cómplices. Fue una velada casi perfecta. Digo «casi» porque terminó y dio paso a algo inimaginablemente peor.

Al día siguiente continuamos visitando lugares marcados por la sombra ilustre de don Ramón, sacando muchas fotografías y tomando notas o comprobando *in situ* las que llevábamos. A mediodía estábamos ya algo cansados y sudorosos, de modo que volvimos a La Toja para refrescarnos antes de comer. De pronto, Sara se sentó sobre la cama y empezó a frotarse el brazo izquierdo, que se le movía incontrolablemente. «No sé qué me pasa. Me duele aquí... ¿Qué me pasa, Fernan?» «Debe de ser algo muscular, una especie de tirón, ¿no?», improvisé yo. Pero los espasmos iban a peor, ella se quejaba cada vez más, se había puesto muy pálida, con un gesto raro en la cara. Llamé a José Luis, nos asustamos juntos y decidimos llamar a urgencias. Cuando llegó la ambulancia ya estaba claro que lo que le pasaba no era un simple tirón muscular. Tenía convulsiones, dolores, estaba muy asustada y también enfadada, como siempre que se asustaba. El viaje a Pontevedra fue interminable, la primera pesadilla de tantas como habían de venir. En la ambulancia, la enfermera y José Luis iban acompañando atrás la camilla de Sara, mientras yo me sentaba junto al conductor. La oía gritar kilómetro tras kilómetro: «¡Fernan! ¡Ven, Fernan! ¿Dónde estás?», y yo también a gritos, con la voz estrangulada, irreconocible, respondía: «¡Estoy aquí, Pitxu! ¡Voy contigo, amor mío! ¡Aguanta un poco, ya estamos llegando!». El conductor, supongo que para tranquilizarme, me comentaba que a su juicio se trataba de una trombosis, que había visto muchas y los síntomas eran idénticos, pero que luego los pacientes se recuperaban bien. ¡Una trombosis! Me pareció algo monstruoso cuando lo oí. ¡Cómo iba a tener Sara una trombosis! Debía de ser algo muscular, grave pero muscular, muy doloroso, que la había asustado... Seguían los gritos y por fin llegamos a urgencias. Al bajarla, ella llevaba la boca algo torcida y no se le entendía bien al hablar. Yo empecé a hacerme a la idea de la trombosis, aunque leve, pasajera, no podía ser de otro modo.

Inmediatamente la rodearon médicos, o enfermeras, no sé; en mi azoro yo llamaba «doctor» a todo el mundo y les decía incongruencias sobre que probablemente no sería nada grave, como si quisiera tranquilizarlos a ellos a la espera de que recíprocamente ellos/ellas me tranquilizasen a mí. Se la llevaron para hacerle diversas pruebas mientras José Luis y yo nos quedábamos en la sala de espera, buscando explicaciones tranquilizadoras. Al rato nos reunimos con ella y la encontramos mucho mejor, serena, hasta sonriente al vernos: «Vaya carita tenéis. Tranquilos, chicos, parece que sólo ha sido un susto. Me siento mucho mejor, sólo el hombro me sigue doliendo un poco». Luego me dijo en tono confidencial: «No debo de tener gran cosa porque me han dado una pastilla chiquitina. No será nada». La ingenuidad de juzgar la gravedad de su caso por el tamaño de la pastilla que le dieron me hizo desbordar de ternura por ella. Pero a la vez quedé convencido de que debía de tener razón (como siempre), que lo malo había pasado ya y que enseguida íbamos a volver al hotel. Entonces el médico más imponente del grupo me pidió que fuera a su despacho. Tenía sobre la mesa una especie de radiografías, el resultado de un

211

escáner de urgencia que acababan de hacerle. «Pues sí, tiene algo —me señaló con voz suave pero seria—. Es un tumor, en el cerebro. Hay que hospitalizarla de inmediato.» Salí a ciegas, a trompicones. Me reuní con José Luis en la salita de espera y me abracé a él llorando, repitiendo sin parar: «¡Es un tumor! ¡Tiene un tumor en la cabeza!». Y él, llorando también, me regañaba: «¡No me digas eso! ¡No me digas eso!». Yo cerraba los ojos, los apretaba fuerte y trataba de despertarme: venga, ya, ahora toca espabilarme, salir de la pesadilla y encontrarme en el dormitorio acogedor, reponerme con un trago de agua... como de tantos otros malos ratos despejados por la llegada de la vigilia. Pero de esa pesadilla no hubo despertar: duró meses, después años, aún sigo en ella. En el momento que oí el diagnóstico de aquel doctor, al que nunca he vuelto a ver, se hundió para siempre el frágil teatrillo de mi alegría. Se me instaló dentro un campo de ruinas, oscuro y lóbrego, sin flores, ni música ni alivio alguno, en el que a partir de entonces, de mala manera, me he tenido que ir acostumbrando a vivir.

En el hospital de Pontevedra, mientras le hacían todas las pruebas debidas, resonancias magnéticas, escáneres, etcétera, y comenzaban a darle la medicación paliativa con la que luego nos familiarizamos a la fuerza, permanecimos una semana. El hospital era un edificio viejo, aparentemente descuidado en algunos de sus espacios, pero donde la atendieron inmejorablemente. Permítanme que haga un paréntesis ditirámbico: ¡qué estupenda es la sanidad pública española! No dudo de que con más dinero, menos recortes, lo que ustedes quieran, sería todavía mejor, pero así, tal como está, funciona de manera admirable, modesta y sobria. Mi Sara recibió todos los tratamientos requeridos con prontitud y eficacia a pesar de las fechas veraniegas (cada día a las ocho yo bajaba a desayunar a un bar cercano, para ver el encierro de los Sanfermines, tan alegre y vital), con las mínimas molestias burocráticas a pesar de que ninguno llevábamos encima la tarjeta de la Seguridad Social y, por supuesto, sin que nadie mencionase la palabra «dinero» en ningún momento. El médico joven que dirigía el tratamiento parecía competente y responsable, aunque, para ser sincero, no era un dechado de cordialidad (desde luego, no me dio falsas esperanzas... ni de las otras), pero las enfermeras fueron cariñosas desde el primer minuto, eficaces, bien dispuestas y risueñas. ¡Cuánto las echamos de menos después! Al comienzo el doctor me avisó de que probablemente el tumor era parte de la metástasis de un cáncer situado en otra parte del cuerpo, quizá en los pulmones. A Sara no le parecía probable, porque menos de un mes atrás se había hecho una revisión general de todas las zonas de su cuerpo... pero hasta la altura de las cejas nada más. Y el mal estaba más arriba. En efecto, los exámenes demostraron que el tumor había brotado en el cerebro y allí estaba localizado, sin derivaciones. En mi ignorancia, en mi hambre de consuelos científicos (aunque en el fondo, inconfesable, era el milagro lo que esperaba), celebré esta noticia atroz como si fuese una absolución de su condena. El joven médico torció un poco el gesto al ver mi exagerado alivio, mascullando que «eso no lo resuelve todo».

Nos dieron un par de días de asueto el fin de semana. Aprovechamos para ir con José Luis a Finisterre, en cuyo promontorio sobre el Atlántico nos hicimos la foto más hermosa que tenemos juntos. Sara estaba animada, con un ánimo más dulce y menos bronco de lo que solía. En las largas horas del hospital tuvimos conversaciones complejas y emocionadas, más íntimas que casi nunca, pese a que nos habíamos pasado la vida hablando. Yo aceptaba la necesidad de una intervención quirúrgica, había consultado a nuestro médico de cabecera —mi viejo amigo y compañero de colegio Luis Audibert— y le daba vueltas adónde sería mejor realizarla. Casi desde el principio de nuestro calvario se me impuso una opción que tenía un aura providencial de esas a las que uno se aferra en situaciones cuya improbable solución parece que sólo puede alcanzarse acudiendo a un refuerzo mágico. A finales de 2013, en México, había conocido a un personaje singular, casi taumatúrgico. Se trataba del doctor Alfredo Quiñones, un mexicano de familia muy humilde que siendo poco más que un adolescente había emigrado a Estados Unidos, donde había estudiado medicina y cirugía hasta llegar a convertirse en la figura principal del área de neurocirugía del hospital Johns Hopkins de Baltimore. Eso sin haber cumplido aún los cincuenta años. Su especialidad precisamente eran los tumores cerebrales y sus habilidades quirúrgicas tenían una reputación casi milagrosa. Como su apellido era difícil para laringes anglosajonas, le aconsejaron cambiarlo por Quinn, como hizo otro Quiñones mexicano famoso, Anthony Quinn. Él se negó y pasó a ser «doctor Q» para colegas y pacientes, nombre también del libro autobiográfico (*Dr. Q*) en el que contaba su notable trayectoria y de la película que se preparaba sobre él. Precisamente estaba promocionando ese libro cuando le conocí en México y enseguida congeniamos. Incluso llegamos a viajar juntos por Oaxaca y nos separamos con una especie de fraternidad a la mexicana, que antes y siempre tanto he disfrutado, jurando que debíamos vernos pronto de nuevo, aunque nunca por razones profesionales de la especialidad de mi amigo. Pero resulta que menos de un año después se nos vino encima esta situación dramática que requería a alguien con la competencia específica del doctor Q. Parecía haber algo casi marcado por el destino (o, como dice en un verso Borges, «algo que ciertamente no nombra la palabra azar / rige estas cosas») en nuestro encuentro y nuestra amistad, poco antes de necesitar de manera tan perentoria su ayuda.

De modo que acudí al doctor Quiñones, utilizando como enlace los buenos oficios de mi amiga y representante en México, la licenciada Angelina Peralta. Y él respondió impecablemente, como yo esperaba. No había tiempo que perder, así que pronto teníamos una cita en el hospital Johns Hopkins menos de quince días después, un alojamiento en el hotel más conveniente de Baltimore y un viaje organizado por nuestro amigo José Luis. El vuelo era sólo de ida, porque del regreso nada sabíamos. El humor de Sara tenía altibajos, pero su lucidez se mantenía impecable, casi hasta el exceso. No cabía duda de que mi atroz nerviosismo y el pánico que no podía disimular empezaban a decepcionarla. Un día estuvo especialmente dura conmigo y me retrató con precisión inexorable. A mí sólo me gustaba jugar, había jugado a la filosofía, a la literatura, a la política, incluso al amor, y había buscado en ella a la mejor compañera de juegos. Pero ahora estábamos ante un reto mortalmente serio, con el que no se podía jugar, y yo estaba deseando zafarme de cualquier modo de él para volver a acurrucarme en mis rutinas lúdicas. «No te hagas ilusiones —me dijo—, nada volverá a ser como antes. Nada será de nuevo *normal*.» En otras ocasiones se compadecía de mí y mostraba o fingía optimismo: «¿Sabes? Creo que de esta prueba nuestra pareja va a salir fortalecida, ya verás».

El primer día que llegamos al hospital Johns Hopkins nos hicieron a dúo el típico careo de identidad, con preguntas rutinarias sobre nuestros datos y otras acerca de los detalles de la enfermedad de Sara, medicación que estaba tomando, pruebas que le habían hecho, etcétera. Afortunadamente habíamos conservado con esmero todos los documentos, escáneres y demás, de modo que salimos airosos. Como de vez en cuando nos consultábamos el uno al otro brevemente para alguna aclaración (mi inglés era y sigue siendo peor que mediocre; el suyo estaba algo enmohecido aunque pronto se puso al día) o sencillamente intercambiábamos miradas, la enfermera que se encargaba de anotar nuestras respuestas hizo un alto para observar: «Ustedes han estado mucho tiempo juntos, ¿verdad?». Respondimos al unísono, sin pensarlo: «Siempre», y luego cruzamos una tímida sonrisa. El paso siguiente era afrontar el encuentro con el gran cirujano. Por suerte, Alfredo Quiñones, el doctor Q , es una personalidad carismática, atractiva, nada pomposa, con algo de la espontaneidad de chico de la calle que a Sara siempre le resultó simpática. A pesar de que ella tenía sus reservas sobre mi elección, desde el primer momento se encontró a gusto con su nuevo médico. Confió en él y cuando le vio en acción (aún más, cuando supo de las intervenciones gratuitas que hacía a gente humilde en México y hasta en España) sintió por él una especie de veneración, y eso que no era fácil de conformar. La fecha de la intervención quedó fijada para pocos días después. En ese breve lapso de tiempo aprendí cómo funcionaba la maquinaria clínica americana: a cada paso me anunciaban que iban a practicarle tal o cual prueba preparatoria y que seis horas antes debía depositar tantos miles de dólares, que se multiplicaron exponencialmente al acercarse la intervención misma. Nunca me sentí tan aliviado por lo ganado con los premios literarios o la venta de mis libros, aspecto al que nunca había dado mayor importancia pero que ahora me permitían garantizar ese tratamiento en el que yo depositaba una fe cercana a la superstición. Los dos o tres días previos a la operación los aprovechamos paseando por el largo y sinuoso *harbor* de Baltimore, con sus barcos históricos más o menos pintorescos, y comiendo la especialidad gastronómica local, una especie de bolas de cangrejo que no me parecieron dignas de figurar en ninguna antología mundial de delicias culinarias.

Aunque ambos habíamos cobrado grandes esperanzas y creíamos firmemente en el carisma sanador del doctor Q, yo estaba mucho más asustado que ella el día de la operación. El equipo que rodeaba a Quiñones lo formaban latinos jóvenes, agradables, sin duda competentes. Yo al menos no podía permitirme dudar de su competencia. El papel de segundo de a bordo lo desempeñaba una chica catalana inteligente y simpática, Jordina, que se portó invariablemente bien con nosotros y a la que hoy recuerdo con afecto. Cuando llegó el momento de llevar a Sara al quirófano, Alfredo se hizo cargo de mi estado semihistérico y me cedió su despacho para que esperara el desenlace de la intervención. No sólo se trataba de hurgar en el cerebro, donde todo es delicado porque allí están las terminales de nuestros sentidos y nuestros movimientos, sino que era imposible hacerlo con la paciente del todo anestesiada: había que mantenerla suficientemente consciente para que pudiera responder a las preguntas del cirujano mientras operaba y evitar así dañar alguna terminal nerviosa imprescindible. Yo prefería no darle vueltas al asunto, me daba pánico imaginarlo. Recuerdo con claridad casi ofensiva aquel despacho pulcro y bien ordenado donde pasé primero febril y luego amodorrado las horas críticas, hojeando algunas revistas que hablaban de las empresas y los viajes del doctor Q. Tenía grandes y claros ventanales que daban a zonas verdes, bien cuidadas, como las de cualquier *college* de postín. Estaba en una especie de limbo de atontamiento con algo de purgatorio y pellizcos de infierno cuando vinieron a avisarme de que la intervención había concluido y Sara estaba a punto de abandonar el quirófano. Salí del despacho a toda prisa y nos encontramos en un pasillo, ella en su camilla y Jordina a su lado, repitiéndole: «Aquí está Fernan, mujer, aquí está», y luego, dirigiéndome una sonrisa: «No hace más que preguntar por ti». Yo le acaricié la manita entubada, repetí balbuceos cariñosos, la vi desaparecer rodando corredor abajo. Alfredo también sonreía, más relajado, y me aseguró que todo había ido bien, que en efecto lo que ella tenía no era una inflamación (por un momento alentó esta hipótesis optimista) sino un tumor de los malos, pero que le había quitado «todo lo que había podido sin tocar las zonas más sensibles, la vista, el control de brazos y piernas, el habla...». Estaba asombrado, él y su equipo, del valor que Sara había demostrado durante toda la intervención, ayudando con sus respuestas serenas y precisas al delicado proceso. Pero yo lo que quería era la absolución definitiva, y le urgí: «Entonces ¿ya está? ¿Se lo has sacado?». Y él, sin dejar de sonreír animosamente, me aclaró: «Hemos ganado la primera batalla, pero ésta es una guerra muy larga». Yo le oí a medias, pero me quedé con lo que más me convenía: que el resultado había sido un éxito y que mi chica valiente había vencido a su perverso Alien.

Sara se recuperó con una sorprendente rapidez de la escalofriante operación que había sufrido. En cuarenta y ocho horas había abandonado el hospital y se había instalado conmigo en el hotel cercano al puerto, lleno de sátrapas llegados de Arabia Saudí para tratarse en el Johns Hopkins, acompañados de su harén de esposas envueltas en telas superpuestas que enmascaraban hasta la mínima sospecha de sus anatomías. Yo asistía cada mañana en el desayuno con curiosidad algo horrorizada a los esfuerzos de estas huríes secretas por ingerir los alimentos a través de tantas barreras textiles. El trato esclavista de los jeques con el personal subalterno los hacía poco populares entre botones, abrecoches, etcétera, casi todos hispanos, que en cambio se llevaban muy bien con nosotros. Qué digo bien, a Sara la adoraban y nos facilitaron todo lo posible la estancia con mil pequeños favores. Salíamos cada mañana de compras, ella caminando con un poco menos de rapidez que de costumbre, pero por lo demás casi como siempre. Su entusiasmo adquisitivo y su fantasía decoradora no habían disminuido. Pronto nuestra suite en el hotel estaba llena de adornos y detalles imaginativos que asombraban a Jordina cuando venía a vernos. En el supermercado de alimentación donde comprábamos provisiones (vendían unos aperitivos crujientes de queso parmesano que a veces echo de menos aún ahora), Sara adquiría tiestos con plantas y flores, de las que le gustaba rodearse. Yo prefería centrarme en el whisky y los vinos de California... Y nos conocían ya en todas las tiendas de ropa del vecindario, donde yo un día charlé con un sastre judío sobre el presidente Obama, que estaba a punto de venir a Baltimore para celebrar el centenario no sé cuántos de la bandera americana inventada allí. Le expuse con mi inglés casi jeroglífico mi entusiasmo por el presidente, que él aceptó con ironía pero que, obviamente, no compartía. Cuando quise que me explicase sus objeciones, no me habló de política exterior ni de derechos civiles, sino que se limitó a decir: «Bad for business». Recordé entonces que Baltimore, tan civilizada y culta, había sido en sus buenos tiempos la cuna donde se fraguaron no uno sino varios atentados —hasta el definitivo— contra Abraham Lincoln.

Empezaron las sesiones de quimio y radio. Me aprendí todas las medicinas que debía tomar a lo largo del día (incluidas las de la quimio, que afortunadamente eran por vía oral) y me convertí en el centinela de sus pastillas. Ser obsesivo no siempre es cómodo, créanme, pero en ciertas ocasiones tiene su utilidad. Le hacía cumplir los horarios y el orden de los medicamentos como si fuesen los requisitos de un ritual mágico, en el que cualquier infracción estaba penada con alguna aparición demoníaca. Las tardes que nos tocaba, íbamos a radiología. La asamblea de los pacientes y sus familiares de guardia tenía algo de sesión de Alcohólicos Anónimos o al menos así me las imagino yo. Conversaciones en voz más bien baja, alguna cabeza totalmente calva, niños que hacían preguntas embarazosas que los padres respondían con reticente seriedad. Ciertos días, uno de los asiduos al que ya nos habíamos acostumbrado a ver se levantaba sonriente tras acabar su sesión y hacía sonar una campana que presidía la sala principal: eso quería decir que su tratamiento había llegado a su fin, al menos en aquella etapa de la enfermedad. ¡Cómo admiraba yo a Sara, que entraba decidida, guardaba su ropa en la taquilla correspondiente y se ponía su triste bata de hospital, que a ella le sentaba bien, como cualquier otra cosa que vistiese! Mientras yo temblaba como un conejo asustado, ella se comportaba como si todo aquello no fuese más que otra forma de pasar la tarde. Ni la quimio ni la radio le quitaban el apetito y de allí nos íbamos a cenar a un restaurante libanés más que aceptable que habíamos localizado cerca del puerto o en un *tex-mex* que tampoco estaba mal. Y no perdía el ánimo para pasear, incluso para visitar alguno de los lugares turísticos de Baltimore, como el famoso Aquarium (que, francamente, no era tan excepcional como decían) o el Museo de Bellas Artes. Claro que al deambular por las calles había que tener cuidado, porque una vía llena de gente de lo más tranquilizadora desembocaba de pronto en una zona poco segura como las que aparecen en *The Wire*, la serie de televisión rodada allí mismo. Baltimore es una de las ciudades menos seguras de la siempre poco tranquilizadora América.

Sin embargo, tanto para ella como para mí, Baltimore era ante todo la ciudad de Edgar Allan Poe, nuestro amor literario por excelencia. En el libro que planeábamos sobre escritores y sus ciudades pensábamos dedicarle un capítulo muy especial, de modo que la visita a Baltimore estaba prevista como obligatoria. Pero nunca creímos que la haríamos en las circunstancias actuales. En cuanto se recuperó lo suficiente de la intervención, Sara empezó a urgirme para que iniciásemos nuestra indagación por los lugares «poe-ticos»: la tumba, la casa de la calle Amity... Y allí que nos fuimos, con tal entusiasmo que casi olvidamos que nuestra estancia en la ciudad no era con motivo de nuestro libro sino por una causa muy distinta, aunque también ligada íntimamente a los horrores sobre los que escribió Poe. El lector puede encontrar la crónica de esa visita en nuestro libro *Aquí viven leones*. En el prólogo de esa obra, escrita de cualquier modo en la desolación de la pérdida de Sara, cuento una anécdota emocionante. En nuestra visita al Burying Ground de Westminster Hall, donde están las dos tumbas del poeta a pocos metros de distancia (la primera, más modesta, encabezada por el relieve tutelar de un cuervo, y la definitiva, más solemne, costeada por sus admiradores años después de su muerte, con un retrato del escritor), estuvimos largo rato sacando fotografías, tomando notas e incluso grabando unas intervenciones mías por si podíamos hacer un documental sobre el personaje. Cuando acabamos, José Luis (que se había unido a nosotros) y yo salimos del cementerio; me volví para esperar a Sara y la vi que hacía con la mano una rápida caricia a la imagen de la lápida, llena de su gracia habitual, una especie de saludo entre desdichados. Días después, con un coche alquilado, fuimos a Richmond y hasta Nueva York, para ver la casa en el Bronx y la habitación donde murió Virginia. Pero todo eso está en nuestro libro y desde luego dentro de mí, para siempre.

Aunque sometida a los rigores clínicos, ella no perdía su interés por las cuestiones políticas que siempre la preocuparon. Envió por correo electrónico una carta preciosa al doctor Quiñones, cuando supo las giras para auxiliar a personas sin recursos que éste realizaba. Allí le contaba las penurias de su infancia y cómo había intentado siempre ayudar a los que hoy eran como ella fue («los pobrecillos», los llamaba). En esta línea, le impresionó un suceso ocurrido aquellos días en la franja de Gaza: un misil israelí había destrozado a unos niños palestinos que jugaban en la playa a perseguir palomas. Sara siempre había sostenido el derecho de los israelíes a defenderse del cerco de sus enemigos árabes que les negaban el derecho a existir. Yo estaba de acuerdo, pero le recordaba las innumerables extralimitaciones que habían cometido en la aplicación de ese derecho: sin duda Israel es la única democracia de Oriente Medio, pero también sin duda es una democracia de baja calidad —quizá por sus circunstancias de origen— con peligrosas incrustaciones de racismo y xenofobia, aunque el coro de sus defensores tache de antisemita a quien se atreve a señalarlo. Pero el caso de los niños muertos en la playa de Gaza conmovió especialmente a Sara: «Eran niños pobrecillos —me explicaba— que se entretenían con las palomas porque no tenían juguetes». Ahora ella estaba mucho más vulnerable, se le saltaban las lágrimas con facilidad, cosa que antes no le pasaba, aunque a mí me ha ocurrido siempre. Pienso, quizá para justificarme, que llorar no tiene nada de malo, al contrario: Miguel Strogoff, el correo del zar (y de Julio Verne), salvó su vista gracias al velo de lágrimas que impidió que le cauterizasen los ojos. Los que lloramos mucho vemos más claro que los demás, por eso lloramos. El mundo, ya se ha dicho, es un valle de lágrimas, es decir, un valle que sólo se ve tal como es a través de las lágrimas. Pero ella nunca había sido llorona, aunque alguna lagrimita sí que se le escapaba a veces, casi siempre para doblegar mi voluntad... cosa que no le costaba demasiado. También le hizo llorar un estupendo artículo de Santos Juliá en *El País*, contra la bula de que había disfrutado el nacionalismo (ejemplificado por Pujol) para hacer y deshacer a su antojo y en su beneficio, durante tanto tiempo. «Es verdad —sollozaba—, nos han destrozado la vida, en Cataluña a unos y a otros en el País Vasco...» La vi mucho más frágil, inclinada a hacer balance de lo que había sido su vida, nuestra vida, y llena de compasión

—en esto como siempre— por quienes veía padecer males semejantes.

En cambio yo estaba preocupado por otra noticia que escuché en el refectorio del hotel, cuando desayunaba una mañana rodeado de esposas árabes enmascaradas de pies a cabeza. Y tanto más preocupado porque no podía comentarlo con ella, mi forma habitual de aliviar mis preocupaciones. Contaba la CNN que una mujer joven de veintitantos años había sido diagnosticada del mismo tumor que padecía Sara. Fue operada y tres o cuatro meses después el tumor se reprodujo. Entonces esperó unos pocos meses más para ver cumplir un año a su hijito y luego se trasladó con su marido a un estado del norte donde se autorizaban ciertas formas de eutanasia y allí puso fin a su padecimiento antes de que se hiciese intolerable. El caso levantó mucha polémica, pero todos coincidían en que se trataba de una situación límite porque la enfermedad era incurable. «Incurable», ésa era la palabra clave del asunto para mí. Hasta entonces yo tenía una visión simplista de los tumores: si podían operarse y la intervención se realizaba con éxito, el bicho era extirpado y el paciente quedaba libre al menos durante cuatro o cinco años. Pero cierto día aciago, leí en uno de los papeles que me pasaban en el hospital (sería una factura probablemente, allí todo consistía en pagar y pagar) el nombre del Alien que torturaba a mi mujer: glioblastoma múltiple. Fue la primera vez que lo oí en mi vida, aunque ya nunca se me borrará de la cabeza. Con la misma curiosidad letal que impulsó a la mujer de Barba Azul a abrir la puerta de la habitación prohibida donde aguardaba su destino, acudí a Wikipedia para enterarme de la naturaleza de mi enemigo. Allí quedaba claro que, aunque hubiese sido operado una vez con éxito, ese glioblastoma —a la vez el más grave y más frecuente de todos— se reproducía inexorablemente y por mucho que se aplicase quimio y radio, el pronóstico era infausto. Así decía, con ese término algo pomposo y anticuado: «infausto». O sea que la probabilidad de sobrevivir más allá de un año era de un diez por ciento escaso, y si pasábamos de los dos años se reducía a cero. ¡El glioblastoma exterminador no hacía prisioneros o al menos no por mucho tiempo! De inmediato pedí al doctor Q una reunión privada. Y me citó con esa utilización característica de «mirar» en lugar de «ver» que tanta gracia nos hacía a Sara y a mí escucharle: «Nos miramos en mi despacho a las seis». En la reunión le conté a Alfredo atropelladamente mis recientes conocimientos sobre la dolencia de Sara y le pedí que fuera franco conmigo en su pronóstico fausto... o infausto. El doctor Q me contó que a lo largo de su trayectoria había conocido casos con trayectorias muy distintas (entonces me pasó por la cabeza que, según creía recordar, todos los pacientes de los que hablaba en su libro finalmente morían, aunque como lo había leído por encima quizá me había saltado alguna curación), que todo dependía de la edad del enfermo, de su estado de salud previo y, por supuesto, de la marcha de la operación. Todos esos aspectos jugaban a favor de Sara, de modo que cabía esperar una evolución favorable, aunque nunca esa curación completa y definitiva que con esta dolencia estaba descartada. «Entonces ¿qué posibilidades de supervivencia le concedes?», resumí. Su respuesta: «Nunca se puede estar seguro, pero digamos que el cincuenta por ciento». Y yo me quedé tan contento, me agarré a esa mitad de probabilidad feliz con la esperanza del pobrecillo que se arrastra para besar la orla del manto de la Virgen milagrosa que ha de sanarle de sus males. Tan contento estaba en mi ufano delirio que Sara se dio cuenta enseguida cuando volví al hotel y me comentó: «Vaya, se ve que has tenido buenas noticias».

Sin duda Alfredo Quiñones me engañó esa tarde, dorando y azucarando todo lo posible la amarga píldora que tenía que darme. Imposible reprochárselo, pienso ahora; no debo guardarle rencor (aunque se lo guardo, de una manera ciega e injustificada que me envilece, me es imposible perdonarle ni a él ni a los demás que no la salvaron) porque me dijo lo que yo quería escuchar, lo único que podía *soportar* escuchar. ¿De qué me hubiera servido conocer sin rodeos la triste verdad, que en el fondo ya sabía, si no podía remediar lo inevitable? ¿Cómo hubiera soportado esas horas, esos minutos, esas noches agobiantes, sin poder agarrarme a mi cincuenta por ciento favorable como Ismael al ataúd flotante tras el hundimiento del *Pequod*? Exigir la verdad pura y dura en todo momento, en cualquier circunstancia, es una forma de presunción. Es creernos más fuertes, más aptos para la vida de lo que somos. Los filósofos tienen que envolverse en la verdad, y por eso dijo José Gaos que su rasgo de carácter distintivo es la soberbia. Después de mi entrevista con Quiñones quedé engañado, pero sólo a medias. Nunca comenté con Sara los detalles de su enfermedad, ni le repetí lo que sabía sobre su evolución o lo que me había dicho el doctor Q al respecto. Ella tampoco me preguntó nunca, ni siquiera creo que llegase a conocer jamás la palabra «glioblastoma». Se limitaba a cumplir el protocolo médico con bastante docilidad y nuestras conversaciones giraban sobre Poe o sobre cuestiones políticas. Un día el doctor Q nos invitó a visitar su modesto centro de investigación donde buscaban el remedio al tumor asesino. Ocupaba a indagadores jóvenes, también latinos en su mayoría, probablemente llenos de talento pero no con mucho tacto. La visita empezó con muy buenos auspicios en un clima cordial, típicamente americano. Nos acompañaba la gentil Jordina, el propio Alfredo y otros miembros del equipo médico habitual. Nada más llegar nos comentaron la broma que les lanzaba Alfredo cuando revisaba sus trabajos cada día: al entrar por la puerta los saludaba con un «¿qué, habéis descubierto ya la cura?», y ante las risas tímidas de todos, remataba: «Pues entonces hay que seguir buscando». El punto central de nuestra visita era una exposición con imágenes de lo que se sabía por el momento del tumor, llevada a cabo por quien parecía el investigador jefe. Nos enseñó cómo aparecía en el cerebro nadie sabía por qué (que el cáncer en casi todas sus formas se produce más por azar que por cualquier causa exógena es la chocante conclusión a la que llegaban precisamente en esos días los expertos oncólogos del Johns Hopkins) y cómo se diseminaba luego en diversos focos. Después intervenía el bisturí que extirpaba todos los elementos tumorales que podía, pero siempre quedaban unos cuantos que se escondían en capas inaccesibles del cerebro y luego antes o después (más bien antes, ay) reaparecían ya de manera inoperable y definitiva. En los diseños que se nos mostraban, las células tumorales eran unos circulitos blancos que se multiplicaban y pululaban con pertinacia letal. A mí me espantaba que Sara estuviese asistiendo a esa película de terror cuyo argumento era su condena a muerte y trataba de disimular con algún torpe comentario jocoso o una pregunta de alumno aplicado. Y me asombraba que aquellos cabestros le explicasen la lección con tranquilo desapego, como si no fuese con ella o, mejor dicho, *contra* ella. De pronto, Sara se puso en pie, con su inapelable decisión habitual, y con un «bueno, ya está bien» puso fin a la sesión. Los cabestros se quedaron bastante cortados y ella nunca me comentó ni palabra de lo que habíamos visto. Señal de que lo había entendido demasiado bien.

Como he dicho, ella nunca perdió su ánimo para buscar elementos de decoración o planear nuestras búsquedas sobre Poe. Incluso fuimos, acompañados de Jordina y otros miembros del equipo, a ver un partido de béisbol, porque Alfredo aseguraba que no podíamos pasar por Estados Unidos sin esa experiencia fundamental. Nos pareció el deporte más aburrido y estático del mundo, de modo que nos fuimos a la mitad del encuentro. Pero a mí me dolía una cosa, que quizá quienes la conocían menos apenas advertían: había dejado de sonreír. Hasta entonces, desde que nos conocimos íntimamente, Sara y yo nos sonreíamos a cada momento, casi cada vez que cruzábamos la vista. A veces con una mueca irónica, o casi sólo insinuada, otras con una sonrisa franca de complicidad irremediable. Nos alimentábamos con sonrisas mutuas, eran nuestras vitaminas. Ahora yo cada vez que la miraba seguía lanzándole desde mi permanente angustia sonrisas apremiantes, desesperadas, que quedaban sin respuesta. Como un barco a la deriva que manda señales de socorro a las que nadie responde. Sólo una vez volvió a sonreír, quizá en la ocasión más dichosa de nuestra desdichada estancia en Baltimore. Bastantes mañanas salíamos a pasear por el puerto, viendo los barcos y la gente, disfrutando del tiempo veraniego. Hasta ese puerto tan falsamente marino guardaba cierto atisbo del encanto de los de verdad, que son los lugares humanos más hermosos del mundo y de la historia. En nuestro deambular pasábamos siempre frente a uno de esos museos tan del gusto americano que reúnen diversos ejemplos de récords Guinness: se llamaba Odditorium y tenía sobre su entrada un dragón serpentiforme que por la nariz echaba regularmente bocanadas de humo; un reclamo, como puede suponerse, muy de nuestro estilo. A ninguno de los dos nos gustaban los récords, pero un día en que la vi de mejor humor, le propuse entrar para echarle una miradita a lo que custodiaba el dragón. Aunque la colección no era precisamente memorable, íbamos con ánimo benevolente y lo pasamos bien. Pero lo mejor llegó al final. El recorrido acababa en un cine con una proyección en 3D. Estuvimos a punto de no entrar porque el programa no parecía demasiado atractivo, una especie de animación algo cutre, y también porque no había nadie más en la sala, pero ya que habíamos pagado no íbamos a echarnos atrás. Además, ya digo que la veía más animada y eso bastaba para tragarme feliz todas las *oddities* de Baltimore. Nos recompensó una inesperada maravilla: la peliculita en tres dimensiones reproducía muy bien la loca carrera de un pequeño vehículo tripulado por dos ratoncitos por el laberinto enorme de una casa, pasando a toda velocidad bajo los muebles, saltando entre fregaderos, esquivando tiestos monumentales y las asechanzas de algún gato de tamaño gigante. Pero no sólo eran las vertiginosas imágenes las que nos arrastraban, porque las butacas se movían, se inclinaban adelante o atrás, acusaban los choques, y por abajo, a la altura de nuestras pantorrillas, una corriente de aire nos daba inocuos escalofríos. ¡Qué bien lo pasamos allí, cogidos de la mano, exagerando con gritos de sorpresa o pánico nuestra emoción pueril! Fue la última vez que la oí reír, la última vez que nos sentamos juntos en una sala de cine.

Volvimos al hotel despacito, cogidos del brazo, besándonos a cada paso suavemente en los labios.

A mediados de septiembre me fui a dar una charla bien pagada a Puerto Rico, ya que necesitábamos fondos para costear la sangría del Johns Hopkins. Luego regresé a Madrid porque quería ir a Longchamp para ver a *Tréve* ganar por segunda vez el Arco de Triunfo. Cuando me fui de Baltimore pensé que quizá en otras circunstancias me hubiese prometido regresar y verlo con más sosiego, pero la verdad es que salí de allí gruñendo, como el cuervo de Poe: «Nevermore!». Sara se quedó con una amiga que la cuidaba muy bien hasta octubre, cuando debían acabar sus sesiones de quimio y radio. Pero siguió esos últimos días en Estados Unidos sin perder su empuje: a pesar de que el doctor Q le desaconsejaba los viajes largos en coche, intentó completar por su cuenta nuestro proyecto literario que tanta ilusión le hacía. Fue a Amherst en pos de Emily Dickinson y a Providence tras H.P. Lovecraft, dos autores muy distintos (al menos en la forma, en el fondo no estoy tan seguro) que hubiéramos querido a toda costa incluir en nuestro recorrido por las guaridas de los grandes escritores. Yo había renunciado ya a cumplir ese sueño, en vista de la aciaga casualidad que se cruzó en nuestro camino, pero ella no se dejaba disuadir tan fácilmente.

A su regreso, nada más llegar, se puso muy mal. Los escáneres que le practicaron demostraron que el Alien se había reproducido, un par de meses después de la operación. Yo me negaba a admitirlo, telefoneé al doctor Quiñones para que me tranquilizase y él empezó ya a prevenirme con muchos miramientos: «No es fácil, se trata de una modalidad muy agresiva y difícil de controlar». Cuando, en mi desazón, le comenté este dictamen a ella, me repuso: «¡Es feroz e indomable, como yo!». Alfredo nos recomendó a un cirujano del Hospital Clínico de Madrid, el doctor Juan Barcia, y allí la internamos eventualmente, aunque cuando mejoraba algo la llevábamos a casa. Estaba cada vez más torpe de movimientos, ella que había sido la agilidad misma, y un día que salimos a pasear no pude impedir que se cayera. Se lastimó la cadera y quedó casi impedida. Sin embargo insistía en que cumpliésemos nuestro proyecto. Con ayuda del director Antonio Trashorras, cuyo trabajo a ella le gustaba y que además tenía a sus ojos el mérito de que cuando había ido al festival de San Sebastián no había contemporizado con el «batasunismo» reinante, preparamos un documental sobre Agatha Christie (con Carmen Posadas como invitada especial) y esbozamos otro sobre Poe, con parte del material reunido en Baltimore, incluida una máscara de cuervo bastante efectiva que se puso en los momentos adecuados mi sobrino Juan, compositor también de la sintonía musical. Seguía llena de planes y obligándome a colaborar con ella como si el futuro estuviese garantizado... positivamente.

Nos fuimos a San Sebastián porque la casa era más cómoda y podía estar mejor atendida. Cuando hacía bueno, salía de compras, andando despacito, con un gorro de punto para tapar su cabeza pelada y los costurones de la operación que la marcaban. A mí me daba miedo que fuese sola por si se caía otra vez; cuando no quería que la acompañase, la seguía de lejos, o si la perdía de vista, la esperaba dando vueltas por las cercanías de casa. Por las noches ella no soportaba la cama y prefería tumbarse en un tatami con almohadones que había puesto en la sala. Sobre él se arrastraba penosamente, no podía reclinarse ni levantarse sin ayuda. Sufrió luego otro empeoramiento que me asustó mucho y volvimos a Madrid con toda urgencia, en ambulancia. Fue un viaje espantoso; había nevado en la mitad norte del país y todo el trayecto fuimos por carreteras heladas, peligrosas. Ella llegó muy mal, inconsciente, creí que la había perdido ya. El doctor Barcia volvió a intervenirla para aliviar la presión en el cerebro y se recuperó de nuevo, aunque quedó internada en el Clínico. Después de esta operación quedó con la vista afectada y no podía leer; aunque le había llevado su portátil con películas de las que le gustaban, tampoco podía disfrutarlas demasiado. Las horas se hacían interminables, sobre todo por la noche. Ella apenas dormía y a cada rato me pedía que le subiera «unos churritos» o un bocadillo de la cafetería. Yo le repetía una y otra vez que eran las tres o las cuatro de la madrugada y ella se enfurruñaba conmigo: «Nada, que no quieres molestarte...». Lo que más la entretenía era que le leyese monólogos de *Criaturas del aire*, el libro que prefería de los míos (dejando aparte las novelas, que escribí especialmente para ella): la Bella Durmiente, Desdémona, Drácula... Uno de los días en que la habían bajado a hacerle un escáner, llegó a visitarla Jon Juaristi. De todos nuestros amigos, era probablemente al que Sara quería más. Cuando ella volvió al cuarto, estuvieron un rato hablando en euskera. Jon a veces decía que ya sólo consentía hablar en vascuence con Sara. No tuvo más visitas esos días, ella no quería que nadie la viese en su presente estado. Teníamos encendida la tele toda la noche, con el sonido bajito, en el canal 24h. Una vez apareció en pantalla una playa, la gente chapoteando, los niños jugando en la orilla. Entonces ella dijo en voz alta, como para sí misma, con el mayor desgarro que le había oído en toda su enfermedad: «¡Ya no volveré a nadar!». Nunca he sentido mayor dolor en el alma que al escuchar esas cinco palabras definitivas.

El doctor Barcia se empeñaba en prescribirle sesiones de rehabilitación... cuando ella ni siquiera podía incorporarse en la cama sin ayuda. También venía de vez en cuando una asistente de su equipo, joven y por lo visto encargada de prepararla más o menos para lo irremediable. ¡A Sara, que se había pasado la vida leyendo a Platón, a Schopenhauer, a Thomas Bernhard...! Aun en su estado terminal, todavía le daba diez vueltas dialécticas a la bienintencionada psicóloga. Cuando alguien pretende preparar a otro para la muerte, en realidad es él quien se prepara para verle morir, porque la única muerte para la que podemos hacer preparativos es la que vemos ocurrir, no la que va a pasarnos. En fin, para qué seguir. Aprovechando una leve mejoría, volvimos en ambulancia a San Sebastián. Barcia insistía: «Ahora a hacer mucha rehabilitación». Supongo que me lo decía por compasión, para distraerme, no porque me tomase por idiota. Afortunadamente, en el hospital donostiarra pudo quedarse en la planta de cuidados paliativos atendida por el doctor Eduardo Clavé, amigo de Sara desde largo tiempo atrás (cuidó a su madre mientras vivió con nosotros) y, por supuesto, mío también. Alguien sabio y de toda confianza, que es lo que uno necesita en trances como el nuestro... y en casi cualquier otro. Todavía en febrero, un mes antes de morir, se interesó por el acto que anualmente hacíamos en Andoain en homenaje a Joseba Pagaza, y hasta aportó algunas ideas para mejorarlo. Cuando volví, le puse en el portátil una grabación que Maite había hecho, pero apenas lograba ya verlo. «No puedo fijar la vista, mejor cuéntamelo tú.» Le dije que todo había ido muy bien y que habíamos aprovechado sus sugerencias, lo que era verdad. En esta última fase el deterioro de Sara fue devastador y rápido. Estaba en una especie de delirio intermitente en el que proclamaba que yo la tenía secuestrada y la estaba torturando, repitiendo una y otra vez mi número de teléfono como para alertar a la autoridad competente. Otras veces se calmaba, devuelta en su sueño a alguno de sus rincones favoritos. Así la oí decir, con tono satisfecho: «Es una calavera estupenda», y supe que había vuelto a Forbidden Planet para hacer las últimas compras. Luego la misericordia puso fin a su sufrimiento, aunque no al mío. Ahora pienso que en esos nueve meses la decepcioné, que no estuve a la altura, que sólo serví para empeorar su angustia sin remediarla nunca. Sé que muchas veces me irrité con ella, que la maldije interiormente, que nunca pude perdonarle lo que me estaba haciendo, como si fuera a posta. Siento, junto a una pena inabarcable, una ver-güenza que tampoco se puede medir, el deseo imposi-ble de verla al menos una última vez para presentarle excusas. Ahora me repito los versos de un poeta de mi tierra, Karmelo C. Iribarren:

> La vida sigue —dicen—
> pero no siempre es verdad.
> A veces la vida no sigue.
> A veces sólo pasan los días.

Confieso que yo también intentaba ser poeta, sólo una vez al año y nada más que para ella. El 31 de di-ciembre escribía unos versos, seguramente sin valor literario, pero para mí más importantes que todo el resto de lo que escribía los trescientos sesenta y cua-tro días anteriores. Tenían toques de humor y guiños sentimentales a cosas que sólo conocíamos ella y yo. Se los entregaba ceremoniosamente el 1 de enero, co-piados de nuevo con aplicación en algún papel bo-nito con mi letra redonda e infantiloide. Y ella me los agradecía con un beso y los guardaba en su caja de tesoros, bendita sea. El 31 de diciembre de 2014, cuando me puse a escribir los versos de ese año, sabía que serían los últimos que le dedicaría. Intenté condensarlo todo en esa despedida poética, nuestros pequeños rituales cariñosos, nuestros recuerdos de andar juntos, para acabarla con una referencia a la costumbre del doctor Q de sustituir «ver» por «mirar» y a la también mexicana expresión de «materia dispuesta» para decir «asunto arreglado». Ella vino a mi cuarto al rato, después de haberlos leído, ya guardados en su cajita. Estaba seria, callada, y le pregunté con cierto temblor: «¿Es que no te ha gustado?». Contestó: «Claro que sí. ¿No ves que he llorado?». Ese poema, o lo que sea, es lo que leí en su velatorio, ante el grupo de amigos y familiares reunidos para ese último adiós. Y lo transcribo en este libro dedicado a ella, para que cumpla la misma función.

Gracias

Lo que no he podido
o sabido
decirte antes
quiero susurrártelo ahora.
Nada rebuscado
ni apoyado en citas eruditas,
todo lo contrario,
lo más sencillo, lo más directo.
Pero quiero que lo escuches

como si fuera un himno gigante y extraño
o una sinfonía
o una procesión de alejandrinos.
(Es broma, amor mío, óyelo como quieras
o como quien oye llover. O llorar.)
Se trata de una palabra sencilla
y plural, como mar o cielo,
que no mejora
ni se ensancha
con los añadidos.
Es intensa y en la intensidad
rebota el énfasis.

Digo esa palabra —gracias—
y luego quedo en silencio.
Gracias... ¿por qué? ¿Para qué?
Me lo pones difícil
pero lo intentaré.
Gracias por las noches de televisión
con Peter Cushing en la pantalla
y sobre mi regazo tus patitas de mono.
Gracias por el beso al entrar en el mar
¡besito dos mil!, ¡besito dos mil diez!,
siempre tan salado. ¡Y ojo con las medusas!
Gracias por regañarme tanto
para que me corte la barba,
gracias por no querer verme viejo
y por saber que soy tuyo
para lo que gustes mandar.
Gracias por todas las veces
que me has cogido de la mano
distraídamente quizá

cuando paseábamos por París.
¿Volvemos a Balzar?
Gracias porque cuando murió tu madre
—yo estaba en Inglaterra, sabes cuánto la quería—
no me dijiste nada hasta que volví
para no enlutarme el Derby,
mi cita anual con la vida.
Sólo tú podías haber tenido tal delicadeza.
Gracias por haberme leído tanto la primera
y haberme dicho lo que no te gustaba
con tan fiero cariño como si me elogiaras.
Me has hecho crecer, de escritor enano
hasta una mediana estatura.
Gracias por haber cuidado a mi hijo
como yo no hubiera sabido, insobornable.
Gracias por tu coraje cuando hacía falta
y por tu ternura cuando faltaba ternura.
Gracias por no rendirte a nada ni a nadie,
sobre todo a mí. Tu fuerza me derrota
pero me hace más fuerte.
Y, sobre todo, gracias por nuestras mañanas,
por no dejarme solo jamás,
por no consentir morirte nunca.
Gracias para siempre por ser siempre tú.
Y yo ¿qué puedo darte por tanto
y todo, además de las gracias?

Sólo una promesa.
Dicen que se las lleva el viento,
pero no habrá vendaval que pueda con ésta.
Escucha, amor mío:
pase lo que pase,

a despecho de temores, temblores y tumores,
más allá de los tiempos y del espacio,
óyeme, te lo juro
y venceré al infinito para cumplir mi promesa:
¡Sara, corazón, mañana nos miramos!
Materia dispuesta.

San Sebastián, 1 de enero de 2015

DESPEDIDA

Negra y honda separación
yo junto contigo tengo.
¿Por qué lloras? Dame tu mano, mejor,
promete que volverás en el sueño.
Yo contigo como un monte y otro monte...
Tú y yo sin encuentro en este mundo.
Sólo que tú en el momento de la medianoche
a través de una estrella me envías un saludo.*

Y es difícil creer que la tibieza, la ternura, la belleza de
su relación no se haya recogido, no haya sido atesora-
da en alguna parte, de algún modo, por algún testigo
inmortal de la vida mortal.**

---

* Anna Ajmátova, «En el sueño», traducción de Reina Pa-
lazón.
** Vladimir Nabokov, *La verdadera vida de Sebastian Knight*,
traducción de Enrique Pezzoni.